El chico que dibujaba
constelaciones

Alice Kellen

El chico que dibujaba constelaciones

Planeta

CANCIONES QUE APARECEN

Cuéntame – Fórmula V

Chica ye ye – Concha Velasco

Black Is Black – Los Bravos

Mi gran noche – Raphael

Te quiero, te quiero – Nino Bravo

The Wind – Cat Stevens

Enamorado de la moda juvenil – Radio Futura

Chica de ayer – Nacha Pop

Forever and Ever – Demis Roussos

A mis abuelos,
que inspiraron esta historia.
A ella, que todavía sigue conmigo.
A él, que ya no está, aunque lo siento cerca.
Por ser parte del cambio. Por los recuerdos bonitos.

«La única manera de conocer realmente a un escritor es a través del rastro de tinta que va dejando, que la persona que uno cree ver no es más que un personaje hueco y que la verdad se esconde siempre en la ficción».

Carlos Ruiz Zafón

PRÓLOGO

Si he de ser sincera, cuando mi editora me sugirió que escribiese un prólogo sobre lo que esta historia había significado para mí, no tenía ni idea de qué decir. Me quedé en blanco. Así que le dije que lo pensaría y opté por releer la novela antes de tomar una decisión. Cuando llegué al final, abrí un documento nuevo y empecé a trazar estas palabras.

El chico que dibujaba constelaciones sigue siendo mi novela más personal y también la que más alegrías me ha regalado. No solo por la emoción al recibir mensajes llenos de magia durante estos años —nietas leyéndoselo a sus abuelas y madres e hijas compartiendo un mismo libro—, sino, además, porque nunca esperé nada de esta historia que al final hicisteis vuestra. Y tiene una explicación: la escribí para mí. Lo hice cuando atravesaba uno de los momentos más duros de mi vida; ahora, ha quedado atrás y me ha hecho más fuerte, empática y sensible, pero, por aquel entonces, anclada entre diciembre y enero en un invierno que parecía eterno, las letras se convirtieron en un refugio seguro.

No tenía nada que ver con la razón de mi tristeza, pero pensé mucho en mis abuelos. Será porque siempre lo he hecho, en realidad. Tuve la suerte de pasar largas temporadas junto a ellos cuando era pequeña. Con él, que jugaba conmigo como un niño (quizá porque aún lo era un poco), que me llamaba «nena» con ese acento valenciano tan típico de aquí y que cogía el coche cada noche para ir a comprarme mi helado favorito de menta. Y con ella, que todavía sigue a mi lado y sus brazos siempre han sido consuelo y fuente de cariño, esos que ahora envuelven a su biznieto cada vez que vamos a visitarla; si no hubiesen pasado décadas y las arrugas de su piel revelasen la verdad, cualquiera diría que el tiempo se ha congelado cuando veo que le tararea las mismas canciones que me enseñó a mí.

Mis abuelos vivieron toda su vida en el edificio que aparece en esta historia, uno con un jardín interior que yo siempre contemplaba desde la ventana de la tercera planta, en la puerta dieciséis. Hasta que ella decidió marcharse cuando él murió porque aquel techo y esas paredes se convirtieron en una cárcel llena de recuerdos. Y plantábamos tomates en verano. Y bailábamos las canciones que salpican estas páginas. Y pasábamos días de sol con sabor a verano en Cullera. Pero ella nunca dejó de limpiar casas. Y él estuvo muchos años trabajando en el taller de tapicería. Así que cogí su historia y me pregunté cómo podría haber sido si ella hubiese tenido alas, y él, más posibilidades. Entonces aparecieron ellos: Gabriel y Valentina, quizá demasiado perfectos el uno para el otro, pero ¿acaso idealizar no es algo casi implícito cuando nos dejamos llevar por la imaginación? Estas podrían haber sido las vidas de mis abuelos. O de mis padres. Puede que también de los tuyos. Es probable que al sumergirte entre sus páginas te azoten los recuerdos porque, al final, si de algo me he dado cuenta es de que los seres humanos tenemos vidas parecidas y anhelamos cosas similares, a pesar de lo diferentes que somos unos de otros. Es curioso, ¿verdad? Tanta búsqueda cuando, en esencia, la felicidad se reduce en ocasiones a un puñado de cosas: la familia, la amistad, el autoconocimiento, la ambición, los sueños...

Y el amor. El amor como motor universal.

Ese amor capaz de perdurar en el tiempo.

Será que por eso nos gustan tanto los libros: porque permanecen inalterables mientras los relojes continúan su curso. Aquí te dejo este, un pellizco pequeño de la historia de un país, de una generación y de dos personas que se amaron en los buenos y en los malos momentos, mientras dibujaban juntos las constelaciones de su vida.

Aquellos inocentes sesenta

1

Recuerdo como si fuese ayer la primera vez que te vi.

Tuve la sensación de que un hilo invisible me obligaba a mantener los ojos sobre ti. Inquieta, caminé más rápido mientras abrazaba la bolsa de ganchillo donde llevaba una barra de pan aún caliente. Respiré hondo cuando te dejé atrás, todavía con el pulso acelerado. No supe qué fue lo que despertó aquello. Evidentemente, tú, claro. Pero me dije que tenía que deberse a algo más, como la despreocupación de tu postura, recostado como estabas sobre la fachada de un edificio. O por tu cabello rebelde y oscuro, cuando acostumbraba a ver a mis hermanos siempre con el pelo perfectamente engominado y la raya al lado. O por tu manera de sujetar el cigarrillo y mirarme con descaro.

Y tu voz. Sí, esa que escuché después detrás de mí.

—¿Necesitas ayuda? —No contesté. Apresuré el paso y tú me seguiste caminando a mi lado. Vi cómo tirabas el cigarro al suelo antes de meterte las manos en los bolsillos—. ¿Vives lejos de aquí? —Más silencio—. ¿Se te ha comido la lengua el gato?

—No. Y gracias, pero creo que puedo sola con el pan.

Entonces contemplé por primera vez esa sonrisa tuya que me acompañaría durante el resto de mi vida. Era casi juguetona, pero cargada de intenciones. Peligrosa. Y, al mismo tiempo, reconfortante. Tanto que, cuando quise darme cuenta, me quedé embobada observándote. Por eso choqué con aquella señora malhumorada.

—¡Por todos los santos! —exclamó indignada—. ¡Mira por dónde vas, chiquilla! Estos jóvenes de hoy en día ya no saben ni cómo debe uno caminar por la acera.

Me echó una última mirada cargada de irritación antes de alejarse andando con la cabeza en alto y aires de grandeza. Entonces ocurrieron dos cosas: fui consciente de que tú me sujetabas del brazo y también de que el pan se me había caído en un charco.

—Tengo..., tengo que llevárselo a la señora...

—No te preocupes. Compraremos otro.

—No, no. —Empecé a ponerme nerviosa—. Tiene que ser de esa panadería y estaba a punto de cerrar cuando me marché, así que...

—¿Por qué solo de esa panadería?

—Porque dice que es el mejor de la ciudad.

Sonreíste otra vez. Cerrabas un poco los ojos cuando lo hacías y me fijé en que eran oscuros como una noche sin estrellas, pero intensos, abrasadores.

—Ven conmigo, te prometo que conozco un sitio en el que hacen un pan mejor.

—Yo... no puedo. Llegaré tarde. Y ni siquiera te conozco.

—Me llamo Gabriel.

—Pero...

—Ahora es cuando tú me dices tu nombre.

—Es que... tengo que irme...

Noté que dudabas. Y luego un Citroën DS pasó por la calzada y te quedaste mirándolo como todos hacíamos por esa época cada vez que un coche así aparecía. Pero no te mostraste anhelante contemplando las ruedas que giraban conforme se alejaba, sino tan solo pensativo y calculando tu siguiente movimiento.

—Está bien, hagamos un trato. Voy a conseguirte una barra de pan del mejor sitio que conozco y tú me esperarás aquí mientras tanto. Cuando regrese, me dirás cómo te llamas.

Estaba tan descolocada que no me salió la voz, pero asentí y me quedé allí hasta que te perdí de vista. Probablemente no sabías que no estaba acostumbrada a hablar con hombres como tú, porque a pesar de que aparentabas poco más de veinte años tenías los rasgos duros y marcados, y una seguridad a la que me costaba hacer frente.

Pero te esperé. No sé cuánto tiempo, quizá cinco o diez minutos. Esperé a pesar de que sabía que la señora Gómez se enfadaría si llegaba tarde. Pensé que aquel pequeño riesgo valía la pena. Sonaba ridículo, pero fuiste el percance más inesperado de mi vida en meses. Tenía una rutina tan marcada que pocas veces me enfrentaba a imprevistos.

Me levantaba temprano, antes de que saliese el sol. Desayunaba pan con mermelada casera y leche que mi hermano solía traer el día anterior. Luego me marchaba a casa de los Gómez y llevaba a su hijo al colegio. Por suerte, Marcos era un niño encantador y de carácter tranquilo, nada que ver con su madre. Durante el resto de la mañana limpiaba aquella enorme casa, preparaba la comida y salía para hacer la compra. Después regresaba, servía los platos calientes en la mesa y terminaba las tareas hasta que llegaba la hora de recoger de nuevo a Marcos. Al caer la tarde, dos días a la semana asistía al colegio para adultos. El resto del tiempo ayudaba a mi madre en casa y, el domingo, si la semana había sido buena y me sobraba algo de dinero, salía con mis amigas a pasear por el centro de Valencia y comprábamos castañas asadas, maíz recién hecho o esos caramelos de nata que tanto me gustaban. Eran sin duda los mejores momentos de mi monótona existencia.

Hasta que tú apareciste, porque entonces todo cambió.

Llegaste cuando ya casi había decidido marcharme. Doblaste la esquina y volviste a sonreírme antes de alzar en alto la bolsa de papel con la barra de pan. Los nervios regresaron con tu presencia. Notaba los dedos como entumecidos mientras intentaba abrir el monedero, y no era por el frío. Negaste con la cabeza y me obligaste a coger el pan.

—No me debes nada.

—Pero... debería...

—Insisto —susurraste.

—Muchas gracias.

Como no sabía qué más decir o hacer, me di la vuelta como una tonta y eché a caminar hacia la casa de la señora Gómez. Escuché tus pasos apresurados detrás de mí.

—¡Oye! ¿A dónde crees que vas?

—Trabajo ahí. —Señalé el edificio rojo.

—No está de más saberlo. —Sonreíste. Siempre parecías estar haciéndolo. Inspiraste hondo dando un paso hacia mí, y yo sentí que el aire a nuestro alrededor se cargaba de electricidad—. Tu nombre. Una promesa es una promesa.

—Valentina.

—Me gusta. Valentina...

En tus labios sonó diferente. Como cascabeles agitándose. O miel derramándose. Jamás hubo nadie que pronunciase mi nombre como tú lo hacías, con delicadeza y fuerza a la vez. Aquel día memoricé el sonido y lo guardé entre nuestros primeros recuerdos.

Farfullé un rápido «tengo que irme ya» y desaparecí dentro del portal. El esfuerzo al subir las escaleras no tuvo nada que ver con lo rápido que me latía el corazón. Mientras servía en los platos el guiso de carne con guisantes de aquel día y cortaba la barra de pan en rebanadas, recordé tus ojos negros, cada gesto y palabra que habíamos compartido como si fuesen escenas fugaces de una película que deseaba memorizar.

Estaba tan absorta que casi tropecé al entrar al salón, pero logré mantener el equilibrio en el último momento y dejar el plato delante del señor Gómez. Hice un segundo viaje para servir a la señora y llevar la jarra con el zumo de naranja y el pan. Después me senté en la mesa que había en la cocina y comí un poco de lo que había sobrado, aún con aire distraído, pensando en ti, preguntándome por qué me habías impactado tanto cuando tan solo eras otro desconocido más; uno que, probablemente, no volvería a ver.

—¡Valentina! ¿Puedes venir un momento?

Me levanté y me limpié las manos con un trapo antes de ir al salón. La señora Gómez tenía una rebanada de pan en la mano y la miraba con el ceño fruncido.

—¿Necesita algo más? —pregunté.

—Este no es el pan de siempre.

—No. Es que... —dudé nerviosa.

—No muerdo, chiquilla —gruñó ella.

—Llegué tarde. Había cerrado —mentí.

—¿Y dónde lo has comprado?

—En otro sitio que está cerca.

Miró a su marido, que seguía absorto leyendo el periódico con aire distraído, y luego volvió a fijar su astuta mirada en mí. Me estremecí. Pensé que me despediría. Pensé que me diría que no volviese al día siguiente y tem-

24

blé solo de imaginar el momento en el que tendría que dar la noticia en casa, cuando no nos sobraba ni una peseta y mi padre era un hombre de paciencia escasa, más bien nula.

—Quiero que vuelvas a comprarlo.

—¿Este... este pan? —balbuceé incrédula.

—Sí. Eso es todo. Ya puedes irte.

Me giré y salí de allí a paso apresurado, aliviada y preocupada a la vez. Aliviada porque al parecer le había gustado el cambio y no iba a despedirme. Y preocupada porque solo tú sabías dónde vendían aquel pan y, o bien tenía la suerte de tropezarme de nuevo contigo, o bien debía prepararme para recorrer todas las panaderías de la zona.

De cualquier modo, ese día mi rutina se rompió.

Los cambios pequeños pueden ser significativos.

Y más cuando ese cambio fuiste tú, Gabriel.

2

Ahí estabas de nuevo, apoyado en la misma pared de aquel edificio donde te había visto por primera vez el día anterior. En esta ocasión te encontrabas solo y también llevabas un cigarrillo en la mano, pero lo tiraste cuando pasé por tu lado y me seguiste calle abajo.

—Valentina, Valentina... —murmuraste bajito.

Te miré. Reprimí una sonrisa. La tuya se acentuó.

—Necesito que me hagas un favor —dije.

—Vale. ¿Y qué me darás a cambio?

Fruncí el ceño y eso te hizo gracia.

Tenías luz en la mirada. Se te marcaban los hoyuelos en las mejillas cuando curvabas los labios. Y, al mismo tiempo, parecías misterioso y perspicaz. O quizá era cosa mía, que quería verte así, porque recuerdo que pensaba que nunca había conocido a un hombre más atractivo que tú, con ese aire rebelde. No entendía por qué parecías interesado en mí. Atravesamos la calle Pie de la Cruz a paso ligero.

—Así que tengo que devolverte el favor...

—Todo tiene un precio, Valentina.

Me detuve delante de la puerta del Mercado Central, que se alzaba majestuoso sobre sus robustas columnas para mostrar una exquisita combinación de metal, vidrio y cerámica; en su interior, podía apreciarse una gran cúpula coronada por una veleta. Ya desde los escalones que conducían hasta la puerta se distinguían las voces de los vendedores, el olor a pescado, especias y a fruta fresca de primera calidad.

—Está bien. ¿Qué es lo que quieres?

—Una cita. —Me observaste con atención.

—Yo... —Inspiré hondo—. No sé si... No puedo.

—¿Por qué no? ¿Estás casada? —Te falló la voz.

—No, pero no tengo tiempo para citas.

—¿Acaso no libras ningún día?

—Los sábados por la tarde. Y los domingos.

—Vale, el domingo me va bien.

—Pero esa no es..., no es la cuestión... —titubeé, con el corazón en la garganta. Incapaz de sostenerte la mirada, la fijé en la bolsa de tela que llevaba colgada del brazo—. Ni siquiera te conozco. No sé nada de ti. Y no puedo permitirme distrac..., distra...

—Distracciones —me ayudaste.

—Eso. —Estaba avergonzada.

—Pregúntame lo que quieras.

—No entiendo qué pretendes...

—Has dicho que no me conocías y tienes razón.

—Pero no sé..., no sabría por dónde empezar.

Me reí, porque la situación era tan surrealista que empezó a parecerme divertida. Tú siempre conseguías eso, que cualquier momento diese pie a sonrisas improvisadas. Quizá fue la determinación que encontré en tus ojos o que, en el fondo, a mí también me apetecía averiguar qué significaba ese cosquilleo que trepaba por mi espalda cuando estabas cerca.

—¿En qué trabajas? —Las palabras escaparon en voz baja.

—¿Eso es lo que más te interesa sobre mí? —Alzaste una ceja y negaste con la cabeza, como si supieses que mentía.

Y tenías razón. Porque lo que de verdad deseaba saber sobre ti eran otras muchas cosas, como si te gustaban las cerezas maduras o la sensación de la arena cálida de la playa contra la piel, si eras de los que cantaban en voz alta o si te asomabas al anochecer a tu ventana y mirabas las estrellas.

—Trabajo en el taller de tapicería de mi padre, pero sigo estudiando. Es una larga historia...

—Yo también estudio. Aunque es algo básico.

—¿Qué quieres decir con eso? —Casi de forma natural, tú retomaste el paso y entraste en el mercado, así que te seguí mientras pensaba en la mejor manera de explicarme.

—Viví y crecí en una casa de campo de un pueblo hasta que nos marchamos hace unos años. No fui mucho a la escuela cuando era pequeña, estaba lejos y además tenía que ayudar con los animales y las tareas del día. Pero al mudarnos a la ciudad convencí a mi padre para que me dejase ir a clases nocturnas después del trabajo.

—¿Qué te enseñan en esas clases?

—Matemáticas. A leer y a escribir. En realidad, ya sabía hacerlo, pero era muy lenta y ahora cada vez voy cogiendo más... más...

—Práctica —dijiste sonriéndome.

—Sí. ¿Qué estudias tú?

—Filosofía y Letras. Entonces, ¿nos veremos el domingo?

Sonreí con timidez antes de apartar la vista y centrarla en un puesto de fruta. Recordé que la señora Gómez me había pedido que comprase naranjas, y las que había al lado de las manzanas tenían un aspecto estupendo. Cogí también mandarinas para el pequeño Marcos, que prefería comerse los gajos uno a uno a la hora de la merienda.

Cuando terminé de pagar, retomé el paso.

—Me estás haciendo sufrir, Valentina.

—No pretendo eso. Es solo que... no lo entiendo...

—¿Qué es lo que no entiendes? Sé clara conmigo.

Respiré hondo y dejé de caminar. Te miré a los ojos.

—No entiendo por qué quieres salir conmigo.

—Ya. Así que eres una de esas personas que buscan una explicación lógica y detallada para todo, ¿verdad? De las que nunca se lanzan al vacío sin pensar. Vale. Entonces te diré que quiero salir contigo porque me gustas. Y antes de que tú respondas que no te conozco, me adelantaré y te aclararé que esa es precisamente la razón por la que necesito que pasemos juntos el domingo por la tarde. Si aún tienes dudas sobre qué es lo que me hizo fijarme en ti el otro día cuando te vi en la calle, bueno, no lo sé, y eso es lo mejor de todo, la parte del iceberg que se esconde bajo el agua, lo que no consigues ver ni aunque lo tengas delante de tus narices. No puedo darte una respuesta que todavía no tengo, solo sé que me encanta tu mirada desconfiada, que parezcas masticar cada palabra antes de soltarla y que ahora mismo estés interrogándome para aceptar salir conmigo...

Tu voz fue como un bálsamo y, por un segundo, me permití fantasear con la idea de pasar unas horas a tu lado sin estar en aquel mercado lleno de gente, olores y voces.

—Quizá podría salir contigo, sí.

—Me gusta cómo suena eso. —Curvaste los labios con satisfacción. Ese es el gesto que mejor recuerdo de aquel día: el dibujo de una media luna en tu rostro.

—... porque tengo que averiguar de dónde es el pan.

—Eso le ha dolido a mi orgullo —bromeaste.

3

Le hablé a mi madre sobre ti, pero no le dije nada a mi padre ni a mis hermanos. El domingo por la tarde ella me ayudó a arreglarme, me recogió el pelo y me animó a rizarme las pestañas y a ponerme polvos en las mejillas. Aunque en otras partes del mundo la moda *hippy* había despuntado en los sesenta, en España seguíamos anclados en un estilo de vida más clásico y conservador. Como el vestido que me puse, el mejor que tenía, uno de cintura estrecha, tela de color amarillo pálido y falda plisada.

—Estás preciosa, Valentina —me dijo mi madre.

—Gracias por la ayuda. Prometo llegar temprano.

—Eso espero. Le he dicho a tu padre que salías con tus amigas, así que no te retrases.

Le aseguré otra vez que cumpliría con el toque de queda y me marché. Había quedado contigo en la calle donde nos encontramos por primera vez. Al girar la esquina, vi que ya estabas allí esperándome. Por primera vez, también parecías estar nervioso y me alivió pensar que no era la única que se sentía así. Nos miramos como dos tontos durante unos segundos eternos antes de comenzar a caminar hacia una zona más transitada de la ciudad.

—¿A dónde vamos? —pregunté insegura.

—No tenemos mucho tiempo si has de estar en casa dentro de una hora y media, pero he pensado que podríamos ir a tomar un helado a un sitio que conozco. O cualquier otra cosa que te apetezca —añadiste rápidamente—. ¿Tenías algún plan en mente?

—No, qué va. Solo era curiosidad. —Te sonreí.

Nos internamos en unas calles más estrechas. En algunos barrios, como por el que caminábamos, había casas que tenían televisor y dejaban las puertas abiertas para que los niños pudiesen reunirse fuera y verla un rato. Esquivamos una peonza cuando pasamos al lado de un grupo de críos, y me sujetaste de la cintura cuando estuve a punto de tropezar. ¿Qué puedo decir, Gabriel? Creo que, en ese instante, cuando alcé la vista y nos miramos en silencio y nerviosos, ajenos a las voces de los chiquillos, supe que iba a enamorarme de ti. O quizá fue antes, cuando te vi por primera vez. O día a día, conforme fuiste demostrándome con hechos y certezas que eras el mejor hombre que he conocido nunca.

Llegamos poco después a la heladería.

—Eres de chocolate, lo sé —dijiste.

—Tú tienes pinta de nata —contesté.

—Chica lista. Espera aquí un momento.

Me quedé sentada mientras te acercabas al mostrador y pedías. Me froté las manos bajo la mesa, todavía nerviosa. No podía dejar de mirarte. Tiempo después llegué a pensar que fue cosa de magia. Que, aquel día, cuando pasé por tu lado en esa calle, alguien nos lanzó ese hilo invisible que nos conectó, se llenó de nudos y nos amarró con fuerza.

Porque me despertabas la piel, Gabriel.

Fuiste eso, un despertar en todos los sentidos.

—Chocolate para la más bonita de la ciudad. —Me ofreciste el helado—. Nata para el más afortunado del día —añadiste con una sonrisa traviesa antes de probarlo de un bocado.

En la radio del mostrador sonaba *Cuéntame*, de Fórmula V.

—Está delicioso —susurré.

—Es la mejor heladería.

—Estoy de acuerdo. —Saboreé el chocolate, aunque casi parecía que te saboreaba a ti al no quitarte los ojos de encima. Vi cómo arqueabas las cejas divertido—. Solo... me fijaba en el suéter. Es como el que lleva a veces Paul McCartney. —Era tan negro como tus ojos y de cuello alto, porque al caer la tarde refrescaba. Te daba un aire intelectual.

—No negaré que me gustan los Beatles.

—A mí también. ¿Por qué estudias literatura?

—Porque también me gustan los libros. Y, si he de ser sincero, porque sé que eso hace que mi padre esté

35

orgulloso de mí. Cualquier otro querría que me limitase a aprender el oficio y heredase el taller de tapicería, pero él... es un hombre especial.

—¿Qué quieres decir con eso?

—Mi madre murió.

—Lo siento mucho.

—Fue hace tiempo. La cuestión es que mi padre ha sufrido, pero aun así sigue siendo la persona más increíble que conozco. Y me esfuerzo cada día por parecerme un poco más a él. Si dependiese de mí, me encargaría del taller sin rechistar. Se me da bien. Es fácil cuando llevas toda la vida allí dentro. Pero él quiere que haga algo más, ¿lo entiendes? Así que terminaré de estudiar. Le prometí que lo haría. Voy un poco más lento que el resto porque no podemos prescindir de toda mi ayuda en el taller.

Me encandilaba eso de ti, que hablases tanto. Siempre tenías algo que decir, siempre había una palabra de más rondando por tu cabeza. Intentaba cazarlas, escucharlas y guardarlas a buen recaudo. Aprenderte. Eso es lo que ocurre cuando dos personas se conocen: todo es nuevo y fascinante, y los huecos de aquello que aún no sabemos pueden llenarse de fantasías sobre las que después cae el peso de la madurez.

—¿Cómo puedes permitírtelo?

—Mi padre conoce a un profesor importante de la Universidad de Valencia, un hombre con muchos contactos. Le salvó la vida hace años cuando los grises le dieron una paliza y se lo llevó a casa, donde le curó las heridas y dejó que se recuperase. Así que, desde entonces, Martínez se siente en deuda con él; aunque, en el fondo, simplemente se hicieron tan amigos que se convirtieron en familia. Paga mis estudios y el material, me consiguió un carné de la biblioteca y suele echarme una mano.

—Es bonito cómo hablas de tu padre.

—¿Y qué hay del tuyo? —preguntaste.

Apoyaste un brazo en el respaldo de tu silla. Parecías relajado y tan seguro de ti mismo que eras irresistible. No creo que lo supieses. Con el paso del tiempo, he comprendido que no somos conscientes del atractivo de la juventud, tan solo nos damos cuenta muchos años más tarde cuando, al mirar fotografías antiguas, descubres la belleza que encierra ese rostro que, entonces, veías tan imperfecto delante del espejo.

—Es... es un buen hombre... —vacilé.

Frunciste el ceño y ladeaste la cabeza.

—Valentina, ¿estás mintiéndome?

—No, no es eso... —Hubo algo en tu expresión que me dijo que, si no era sincera contigo, te alejarías. Querías verme de verdad, con luces y sombras, como tú mismo te habías mostrado ante mí—. Es egoísta, aunque a veces puedo entenderlo. Quiere que trabaje hasta que me case porque necesitamos el dinero en casa, por eso me costó convencerlo para apuntarme a las clases nocturnas, pero mi madre..., ella me apoya.

—¿Te gusta leer?

—Me cuesta, pero sí.

—Puedo ayudarte. El próximo día traeré un libro.

Lamí la cucharilla. Tú me miraste los labios.

Empezó a sonar *Chica ye ye* y sonreí.

—Me encanta esta canción —susurré.

Te inclinaste, con los codos sobre la mesa.

—Será porque eres parte de la revolución. ¿Sabes lo que significa eso, Valentina? «Con el pelo alborotado y las medias de color...». La música pop será un concepto, una forma de ser, de vestir, un cambio social. ¿Has usado alguna vez minifalda? —Negué con la cabeza y sentí que se me encendían las mejillas. Tú te reíste—. ¿Y has ido a algún guateque? —Volví a negar, sin saber aún que tú abrirías las grietas de mi mundo para dejar entrar la luz del sol.

4

Cada día intentabas escaparte del taller a la hora del almuerzo para coincidir conmigo cuando iba a comprar. Nos encontrábamos a medio camino y hablábamos de todo y de nada, principalmente tú, que siempre tuviste el don de la palabra. Al principio, a mí me daba vergüenza contarte cosas, porque pensaba que eran poco interesantes en comparación con lo que tú decías; esa revolución sobre la que te encantaba fantasear, esa manera que tenías de hablar sobre conceptos con los que yo apenas empezaba a familiarizarme, como la libertad, los sueños o la diversión. Me fascinaba tu mente caótica y llena de esperanza.

Pero me daba miedo aferrarme a ti.

Pensaba que en algún momento te cansarías de rondar a mi alrededor. ¿Cómo encajaba una chica tan simple como yo en tu vida?, ¿qué podía ofrecerte? La mayor parte del tiempo permanecía en silencio, intentando asimilar todo lo que me decías. Y no entendía el brillo que encontraba en tus ojos cuando me mirabas, así que me mantenía alerta.

—Iremos este domingo a un guateque —anunciaste después de una larga conversación sobre música. Suspiré hondo y me crucé de brazos.

—No será posible. Lo siento.

—¿Por qué no? —Me seguiste.

—Porque... no puedo salir contigo...

—Salimos hace dos domingos.

—Por eso mismo —expliqué.

—Estamos hablando ahora.

—Es algo casual, fortuito.

—Valentina, Valentina...

Me sujetaste del codo y contuve la respiración. Recé para que te compadecieses de mí, porque sabía que no tenía nada que hacer ante esa sonrisa tuya. Inclinaste la cabeza, mirándome como si estuvieses intentando desentrañar algún tipo de acertijo. ¿Qué viste entonces, Gabriel? ¿Qué fue lo que provocó que insistieses y no te rindieses?

—Cuéntame qué ha cambiado.

—Pasamos demasiado tiempo juntos.

—¿Y cuál es el problema?

—Podría dar a entender cosas que no son.

Tenía el corazón en la garganta. Tú te limitaste a sonreír. Seguías sujetándome del codo y no sé en qué momento habías dado un paso hacia mí, pero de repente sentí que estábamos muy cerca, demasiado cerca. Nadie en la calle parecía prestarnos atención, pero a mí me sudaban las manos y tenía la garganta seca. Lo notaste, sé que lo notaste.

—¿De qué cosas estamos hablando, Valentina?

—Ya lo sabes. De ti. Y de mí. Sobre nosotros.

—¿Eso sería algo malo? —Alzaste una ceja.

Tragué saliva, insegura. Sacudí la cabeza.

—Depende de qué sea lo que quieres.

—Quiero salir contigo. —No dudaste.

—¿Cómo sé que puedo confiar en ti?

Había oído decir a mis amigas que algunos hombres se divertían con chicas con poca experiencia que caían deslumbradas ante el primer halago. Después, siempre terminaban rompiéndoles el corazón tras unos meses de distracción y se casaban con alguna joven de su entorno, de esas que a veces miraban por encima del hombro al pasar por la calle.

—No lo sabes, así que tú eliges: puedes arriesgarte o vivir eternamente con la duda de qué hubiese ocurrido. Está en tus manos. Depende solo de ti.

Tomé aliento. Tenías razón, como siempre. No había ninguna bola mágica en la que pudiese ver el futuro, si iba a equivocarme contigo o si valdría la pena dar un paso al frente y dejar atrás los barrotes tras los que veía pasar mi vida.

La curiosidad terminó ganando aquella batalla.

—Supongo que podría escaparme un rato...

5

Mientras caminábamos hacia allí, me contaste que la casa en la que se celebraba el guateque era de un conocido de unos amigos con el que habías coincidido tan solo un par de veces, pero, al parecer, la gracia de aquello era precisamente eso, poder reunirse en un lugar para bailar, comer y conocer gente. Lo entendí en cuanto traspasamos el umbral de la puerta y el sonido de la música nos envolvió. Saludaste a un par de chicos antes de que el anfitrión nos preguntase si queríamos beber un refresco. Nos lo terminamos casi sin hablar, tan solo apoyados en una pared algo alejados del resto y mirándonos por encima del vaso. Cuando sonó *Black Is Black*, me cogiste de la mano y empezamos a movernos al ritmo de la música.

Llevaba el mismo vestido de color amarillo pálido que había usado el primer domingo y algunas chicas que estaban reunidas en un grupito parecían cuchichear sobre nosotros mientras te miraban con descaro, pero pronto todo eso dejó de importarme. Solo tenía ojos para ti. Comencé a relajarme. Y a sonreír. Bailamos hasta cansarnos y, cuando nos marchamos, ya había empezado a anochecer y quedaba poco para mi toque de queda.

El viento de la calle era húmedo pero agradable.

Tú te encendiste un cigarro. Me pediste que nos sentásemos un momento cuando pasamos por una pequeña plaza y te sacaste un libro del bolsillo interior de la chaqueta. Estaba gastado, casi doblado, con las hojas amarillentas y la cubierta cuarteada. Me lo diste.

—¿Lo conoces? —Expulsaste el humo.

Era de un tal Jack London. Negué con la cabeza.

—Quédatelo. Te gustará. —Te sentaste a mi lado.

—Tardaría años en terminármelo —murmuré mientras lo abría y pasaba las páginas. Me di cuenta de que dentro había anotaciones y deduje que esa caligrafía curvada y bonita era tuya. Te envidié por un momento, porque mi letra era terrible, propia de un niño.

—Entonces podríamos leerlo juntos, quizá.

—¿Lo dices en serio? —Te miré ilusionada.

—Claro. Lo llevaré siempre encima, cada vez que te vea. Y no solo este. —Te dejaste el cigarro en los labios y me quitaste el libro de las manos—. Leeremos más. Todos los que tú quieras. Bastará con unas pocas páginas al día al encontrarnos de camino al mercado...

Tragué saliva, con las manos en el regazo. Alcé la barbilla hacia ti y te quedaste callado, pero tus ojos descendieron hasta posarse en mis labios. Tiraste el cigarro.

—¿Por qué haces todo esto por mí? —te pregunté.

—Es evidente, ¿no? Voy a casarme contigo, Valentina.

Me eché a reír, aunque el corazón me latía tan rápido que pensé que tú también podrías oírlo. Pero luego, tras los nervios, fruncí el ceño y me puse seria. No entendía cómo podías estar tan seguro. Tampoco entendía por qué me afectabas tanto. Lo que sí sabía era que no sentiría lo mismo si el chico que me hubiese pedido salir hubiera sido el vecino de enfrente de mi casa, ese con el que mi padre decía que haría buena pareja y que a mí me parecía soporífero porque solo sabía hablar de los conejos que conseguía cazar cada fin de semana que iba al campo.

—No te burles de mí —susurré bajito.

—No me rompas tú a mí el corazón.

Y mientras tu voz aún me envolvía, me sujetaste la barbilla con los dedos, te inclinaste y tus labios rozaron los míos. Cerré los ojos temblando. «Gabriel», tu nombre se deslizó por mi piel como si buscase quedarse grabado en cada línea y cada lunar, pero no lo dije en voz alta, porque en esos momentos solo podía pensar en la suavidad de tu boca sobre la mía. No sabía qué hacer con las manos, no conseguía moverme, pero me sentía como una cerilla al acabar de rozar la caja con la punta sulfurosa. Y de pronto ardía. Un torrente cálido comenzó a trepar por mi espalda lentamente, hasta que te apartaste despacio y me miraste.

Entonces, nos sonreímos bajo la luna llena.

6

Cumpliste tu palabra. Intentábamos vernos a diario, si no era cuando iba a comprar por la mañana, coincidíamos al atardecer para recoger a Marcos del colegio y llevarlo a casa de los Gómez. Cada vez el paseo se alargaba un poco más y pronto empezamos a dejar atrás las páginas de aquel libro en el que nos sumergíamos juntos. Los domingos aprovechábamos el tiempo libre para ir a alguna sesión doble de cine, cogernos de la mano y robarnos besos en la última fila. Cuando el calor del verano llegó, adoptamos la costumbre de sentarnos a leer al aire libre; tú eras paciente y sabías enseñar mucho mejor que los profesores de las clases nocturnas a las que aún asistía. Seguías la línea con la punta del dedo y, en lugar de resoplar impaciente, sonreías cuando me trababa en alguna palabra.

Estaba loca por ti, Gabriel.

Me encantaba tu sonrisa traviesa y esos ojos que me recordaban a una noche cerrada y sin estrellas, el timbre profundo de tu voz y acariciarte el pelo con los dedos cuando pasaba una mano tras tu nuca; te lo habías dejado algo más largo de lo que dictaban los cánones sociales y te rozaba las orejas, como si deseases gritarle al mundo que eras diferente. Vaya si lo eras. No te parecías en nada a mis hermanos, ni mucho menos a mi padre. Y tu cabeza estaba llena de ideas increíbles y sueños que empezaba a desear cumplir a tu lado.

Me presentaste a tu padre. Y tenías razón: era un hombre maravilloso, de mirada humilde y carácter amable. Aurelio se mostraba tan orgulloso de ti como tú de él, y lo llenó de felicidad saber que estábamos saliendo en serio. No como el mío, que no pareció demasiado contento cuando se lo contamos, aunque terminó aceptándolo con el paso del tiempo y gracias a la insistencia de mi madre, a la que encandilaste de inmediato.

Cuando llegó el invierno, ya habías terminado los estudios y Martínez, el amigo de tu padre, te consiguió un trabajo a tiempo parcial en un colegio privado como profesor de literatura. Yo estaba tan contenta que, el día que me lo contaste, me lancé a tus brazos en medio de la calle, porque por aquel entonces había dejado de mostrarme tan cauta y tímida.

Un mes después, me pediste que nos viésemos una tarde de un jueves cualquiera y, cuando te pregunté a dónde íbamos, te limitaste a negar con la cabeza un par de veces. Parecías meditativo. Solías morderte las uñas cuando algo te preocupaba, así que las llevabas cortas y nada bonitas, aunque hasta ese detalle ridículo me gustaba. Igual que tu manera de cogerme de la mano, siempre con esa firmeza que me trasmitía serenidad. Como aquel día, cuando caminábamos con paso firme por la calle Jesús. Te detuviste delante de un edificio de cuatro plantas y de color crema con amplios ventanales, y alzaste la vista hacia arriba.

—¿Te gusta? —preguntaste con inquietud.

—Sí. ¿Por qué? ¿Qué hacemos aquí?

Un hombre vestido con un traje de chaqueta marrón nos interrumpió en ese momento y te saludó con cordialidad tras constatar que eras Gabriel Alcañiz, la persona con la que se había citado allí. Lo seguimos dentro del edificio. Tenía un patio interior que daba a un jardín algo salvaje entre dos edificios colindantes y las escaleras por las que ascendíamos eran estrechas y con un bonito pasamanos de madera oscura veteada.

Sacó unas llaves, abrió la puerta dieciséis de la tercera planta y nos invitó a pasar. Nos enseñó las estancias, que eran luminosas y de techos altos con bonitas molduras. Estuvo hablando sin parar de las virtudes del edificio: cerca del centro, jardín, portería, cocina pequeña pero práctica... Cuando nos dejó a solas para que pudiésemos echar un vistazo por nuestra cuenta, te acercaste hasta mí acortando la distancia que nos separaba y me cogiste de la mano. Nunca te había visto tan nervioso, ni siquiera el día que estuve a punto de negarme a volver a salir contigo por temor a que solo estuvieses jugando.

—Necesito saber qué opinas de esta casa.

—Gabriel..., es muy bonito, quizá demasiado...

—¿Prefieres algo diferente? Porque me parecerá bien. Tú solo dime qué es exactamente lo que quieres e intentaré conseguirlo.

—No podemos pagarlo —dije con un hilo de voz.

—Ya nos arreglaremos, no te preocupes por eso.

—Tú y yo ni siquiera..., todavía no...

—Solo dime si te gusta. Es el último que queda en el edificio y no durará mucho. Está en una buena zona y da a dos calles, el comedor es amplio y soleado.

—¡Me encanta! Es precioso, pero...

—Eso era todo lo que necesitaba oír.

Me abrazaste y yo me aferré a la calidez de tu cuerpo, aunque sabía que era una locura. Pese a ello, esa noche soñé que estábamos en aquel lugar, solo que el sitio había dejado de ser tan diáfano para acoger muebles en cada estancia y estaba lleno de vida, esa propia de un hogar; corrientes de aire al abrir las ventanas, puertas que chirriaban y olor a café impregnándolo todo de buena mañana. Y justo ahí en medio, con sendas tazas en las manos, tú y yo mirándonos sonrientes y pletóricos de ilusión.

Dos días después, estábamos sentados en el banco del pequeño jardín al que siempre solíamos ir. La sombra alargada de un árbol nos protegía del sol y creaba sombras en el suelo arenoso mientras un par de pájaros se refrescaban en la fuente. Los dos nos encontrábamos inmersos en una historia fascinante, hasta que pasé la siguiente página del libro y leí en voz alta la nota que hallé escrita por ti. «Cásate conmigo, Valentina». No era una pregunta. Eso me hizo sonreír antes de dejar caer la novela al suelo y estrecharte con fuerza. Ninguno de los dos dijo nada. Tan solo nos quedamos en silencio durante lo que pareció una eternidad, escuchando el piar de los gorriones y el sonido de las ramas movidas por el viento. Fue tan bonito como sencillo. El prólogo de nuestras vidas.

7

Nos casamos unos meses más tarde. Hay muchas cosas de aquel día que ya no recuerdo; no sé qué comimos después de la corta ceremonia ni si hacía sol o fue un día nublado. Lo que sí permanece intacto en mi memoria es tu mirada llena de ternura mientras esperábamos el uno frente al otro nerviosos y sonriéndonos como niños a punto de empezar una aventura trepidante. Yo me sentía exultante y enamorada. Tú parecías tener ganas de empezar a morderte las uñas allí mismo. Me tembló la mano mientras me colocabas el sencillo anillo con nuestras iniciales grabadas dentro. Y después, cuando el cura dio por terminada la ceremonia, decidiste que era un buen momento para besarme y escandalizar a mis hermanos y a mi padre, aunque, por suerte, ya no había marcha atrás.

«Eras mi marido».

Parece imposible que tras tantos años siga saboreando esa frase y todavía sonría por el regusto dulce que me deja en los labios, como al tragar una cucharada de caramelo caliente.

Una calidez similar a la de nuestra primera noche juntos.

Admito que estaba un poco asustada. ¿Quién no lo estaría cuando se trataba de algo sobre lo que nadie hablaba? Mi madre no me había dado ningún consejo y, hasta entonces, tú y yo tan solo nos habíamos regalado algunas caricias furtivas. A las mujeres de mi generación nos habían enseñado que el sexo era pecado, algo prohibido antes del matrimonio, un placer que parecía estar destinado solo a los hombres. Tú te encargaste de demostrarme que las ideas que nos habían inculcado eran ridículas. Con el paso del tiempo, fui conociendo mi propio cuerpo y descubriendo el poder del deseo. Pero, esa noche, cuando llegamos a aquella casa vacía a la que ya consideraba más mi hogar que el que acababa de dejar, todavía no sabía nada sobre el placer. ¿Dónde tenía que tocarte? ¿Dónde quería que me tocases? Al percibir mis dudas, sonreíste e intentaste tranquilizarme. Tus manos se posaron en mis mejillas y me diste un beso suave en los labios, y luego otro, y otro más. Y cada caricia consiguió que el miedo se alejase.

—Te quiero —susurraste a media voz.

Nos abrazamos en silencio. En la habitación tan solo había una cortina que se agitaba cuando soplaba el viento y una cama de matrimonio vestida con una colcha bordada a mano por mi madre que había sido su regalo de boda. Era tarde. La ciudad dormía.

La cercanía de nuestros cuerpos era incandescente.

—Quiero verte. —Me costó atreverme a pedírtelo.

Tu sonrisa se ensanchó y empezaste a quitarte la camisa lentamente. La dejaste caer al suelo y yo noté que algo se agitaba en mi interior. Probablemente era mi corazón, que reaccionó al verte así, sin nada que te protegiese como si al desprenderte de la ropa hubieses dejado a la vista todas tus emociones, esas que encontré en tus ojos: la adoración, el afecto, la pasión... y el amor. Un amor que latió con fuerza cuando te acercaste y me pediste que me girase antes de desabrochar sin prisa todos y cada uno de los pequeños botones blancos de mi vestido. Dejé de temblar al recostar la espalda contra ti. Tus labios me rozaron el cuello y tus manos se anclaron en mis caderas antes de volar libres y ascender hasta mis pechos. Contuve el aliento. Aquello no tenía nada que ver con las caricias que nos habíamos regalado hasta entonces. Fue más íntimo, más peligroso. Sentí un deleite profundo al comprender que teníamos toda la vida por delante para nosotros.

Tus besos fueron trazando un camino serpenteante.

—Valentina, ¿cómo no iba a enamorarme de ti?

—¿Por qué? —Me di la vuelta y te miré de frente.

—Porque tenías el mundo a tus pies, pero aún no lo sabías. Y quería estar a tu lado cuando empezases a descubrirlo.

Te abracé. Nos mecimos en una canción de silencio mientras terminábamos de desnudarnos en la penumbra.

Tu mejor traje acabó al lado de mi discreto vestido de novia, a los pies de la cama. Me besaste por todas partes y tus manos dejaban un rastro de calor allá donde me tocaban. Sentir el peso de tu pecho junto al mío hizo que nuestro mundo, aquella pequeña habitación, empezase a girar muy rápido y se llenase de respiraciones entrecortadas y susurros. Pero cuando tu cuerpo encajó con el mío..., Gabriel, cuando encajamos por primera vez, sencillamente entendí que éramos dos estrellas perdidas en un firmamento inmenso que habían tenido la suerte de encontrarse por casualidad.

Te lo dije un rato después, cuando todavía seguíamos abrazados.

—Me gusta cómo suena eso. —Tocaste mi mejilla, luego frunciste el ceño y te levantaste—. Espera un momento. —Saliste del dormitorio y regresaste con algo en la mano y un cigarro encendido en la boca.

—¿Qué estás haciendo? —Me reí tapándome con la sábana mientras tú te arrodillabas en la cama y mirabas la pared que había encima del cabecero de hierro forjado. Y entonces lo hiciste. Trazaste un diminuto punto oscuro sobre la superficie lisa. Abrí la boca alucinada—. ¿Te has vuelto loco? ¡La pared es nueva! ¡Está recién pintada!

—Por eso. Es nuestra pared. Nuestra, Valentina. Podemos hacer con ella lo que queramos. Y eso de las estrellas me ha dado una idea. Deberíamos recordar cada momento.

—Existen los álbumes de fotografías.

—Pero esto es diferente. Una estrella por cada instante importante. Una marca que solo tú y yo sepamos descifrar. Serán las constelaciones de nuestra vida.

Sonreí con la vista clavada en ese punto solitario; el día de nuestra boda, la primera vez que hicimos el amor. Y luego tus labios cubriendo los míos cuando volvimos a caer en la cama y el alba nos sorprendió entre caricias y besos eternos.

Aquellos grises setenta

8

Los primeros meses a tu lado fueron como vivir de alquiler sobre una nube cómoda y esponjosa. Así recuerdo nuestro viaje de luna de miel durante aquel verano a comienzos de los setenta, un tiempo después de la boda. Fuimos a Ibiza y estuvimos seis días recorriendo la isla, perdiéndonos entre calas y rincones increíbles. Tu padre nos había regalado una cámara de fotografías Kodak y tú parecías querer inmortalizar cada instante, aunque no pudieses retratar la brisa marina y la sensación de libertad que nos envolvía, como si al alejarnos de casa fuésemos dos personas con un pasado en blanco que podían hacer cualquier cosa. Allí me compré mi primer bikini, cuando la sociedad conservadora seguía rechazándolo; no era de los de braga alta, al revés, casi diminuto. Cuando llegamos a la playa, me animaste a quitarme la ropa y sonreíste como un niño antes de cogerme en brazos para correr hasta el agua cristalina, ignorando las miradas de aquellos que quizá pensasen que estábamos locos.

Y en parte lo estábamos, sí. Locos de amor. Disfrutamos de esa primera etapa delirante e intensa en la que todo adquiere colores vibrantes y una cree que podría llegar a alimentarse tan solo de pasión. Un día te dije que a veces te echaba de menos incluso cuando estábamos juntos y tú te echaste a reír, pero era cierto. Qué sensación aquella, Gabriel. Y menos mal que no dura para siempre y luego el amor madura y se serena, porque de lo contrario el corazón de los humanos terminaría por averiarse por culpa de usarlo demasiado tiempo a máxima potencia.

Pero no todo era perfecto.

A veces el cielo se tornaba de color violáceo y oscurecía. Tú me cogías de la mano, pero no podías tirar de mí, porque había cosas que tenía que aprender a hacer sola.

Tal como era habitual por aquel entonces, dejé de trabajar en cuanto nos casamos. Me despedí de la familia Gómez, a pesar de que íbamos justos de dinero, e intenté seguir los consejos de mi madre. «Una buena esposa tiene la comida preparada cuando su marido llega a casa». «Debes arreglarte todos los días. Hazme caso o terminará buscándose a otra más guapa que tú. Los hombres son así». «Dale pronto un hijo, Valentina. Es importante».

No le guardo rencor, me compadezco de ella. Mi madre tan solo conocía aquello que le habían enseñado, un mundo entero condensado en una canica que podías sujetar entre dos dedos. Se había criado en el campo y tenía una visión limitada en la que todo se reducía a conseguir sobrevivir día tras día sin hacer enfadar a su padre y, más tarde, a su marido. La privación de cultura para lograr mantener al rebaño dócil y controlado.

De modo que lo intenté. No porque ella me lo dijese, sino porque era lo que todas hacíamos entonces. Te casabas y tu vida se limitaba a tener hijos y a ocuparte de mantener el hogar impoluto. La rutina de las jóvenes esposas se resumía en ver quién hacía un mejor guisado, quién cosía más rápido y quién luchaba ferozmente contra las motas de polvo. Y aunque había cambiado mucho desde que tú entraste en mi vida, como si pequeños rayos de luz se fuesen colando entre las grietas abiertas, estaba acostumbrada a seguir las normas y ya tenía experiencia ocupándome de una casa ajena.

Así que no me rebelé contra lo establecido por un impulso alocado y visceral, no comprendí entonces que valía para mucho más, no me di cuenta de que las normas estaban para romperlas. Quedarme en casa mientras te ibas a trabajar no fue el desencadenante, pero sí se vio salpicado por lo que ocurría. O, mejor dicho, lo que no ocurría.

El bebé que no llegaba.

Conforme los meses iban quedando atrás, empecé a sentir un nudo incómodo que se apretaba más cuando me venía el periodo. Marzo, abril, mayo, junio, julio, agosto, y ahí estaba siempre ese recordatorio lleno de vacío. Septiembre, octubre, noviembre...

Nunca lo hablamos abiertamente. Era una lluvia suave y constante que caía sobre nosotros y se colaba en cada silencio compartido, pero intentábamos evitarlo. Fingíamos que no pasaba nada. Tú habías conseguido que te ampliasen la jornada y cada vez dabas más clases. Yo empezaba a sentirme atrapada entre esas cuatro paredes. Tú prosperabas y te implicabas en asuntos políticos. Yo me quedé rezagada dentro de mi caparazón.

No sé en qué momento pasamos de ser las dos personas más felices y abiertas del mundo a una pareja que huía y se escondía de un problema como aquel, algo que en el fondo nos preocupaba a los dos. Hablábamos de todo, Gabriel, tú lo sabes. Hablábamos de nuestros sueños, de ideas locas que a ti se te pasaban por la cabeza, de cómo imaginábamos el futuro, de qué ocurriría si algún día cambiaba la situación en la que nos había tocado vivir y desaparecía la dictadura. Hablábamos de esa casa en el campo que deseábamos tener para veranear o del apartamento en la playa que podríamos alquilar algún año en el Perelló o cerca de Cullera, de libros e historias increíbles, de películas y de música, de los detalles más cotidianos. Hablábamos de sexo, de qué te gustaba a ti y qué me excitaba a mí.

Pero no podíamos hablar de aquel problema.

Y la decepción llegaba siempre cada mes.

Entonces nos convertíamos en dos extraños.

Podríamos haber seguido así, supongo, porque, aunque estábamos calados hasta los huesos por la llovizna, continuábamos adelante. Pero, a veces, algo estalla en el momento más inesperado, y aquel día no solo no llevábamos paraguas, sino que hacía un viento gélido.

Acabábamos de celebrar nuestro segundo aniversario. La noche había caído e íbamos paseando por un mercadillo navideño que ponían en el centro todos los años. Olía a mazorcas de maíz y castañas asadas y tú me apretaste contra tu costado cuando te diste cuenta de que tenía frío. Sonreí ante el gesto. Siempre estabas pendiente de mí, eras ese tipo de hombre que no se fijaba mucho en las fechas significativas, pero llenabas el día a día de detalles: me tapabas cuando me quedaba leyendo en el sofá y acababa durmiéndome, conocías mi marca favorita de té y caminabas quince minutos desde el trabajo para ir a comprarlo, me traías el periódico y señalabas las páginas que pensabas que podían interesarme y eras capaz de saber cómo me sentía con una mirada rápida.

Por eso aquel día algo cambió. Avanzábamos por el mercado cuando, de pronto, un niño que era tan pequeño que se tambaleaba chocó con mis piernas y lo sujeté antes de que terminara cayéndose de culo tras el impacto.

Lo miré.

Lo miré fijamente mientras escuchaba la voz agradecida de su madre y la tuya contestándole con amabilidad. Pero en ese momento..., en ese momento solo podía pensar que ese bebé podría ser nuestro, Gabriel. Y quise con todas mis fuerzas cogerlo entre mis brazos y alzarlo hacia ti para que lo llevases sobre tus hombros antes de seguir recorriendo aquel lugar lleno de luces y villancicos. Lo deseaba..., lo deseaba tanto...

—Valentina, ¿estás bien? —Tiraste de mí para incorporarme.

El niño desapareció con su madre, y tú y yo nos quedamos mirándonos, ajenos a la gente que seguía andando alrededor sin saber que, en ese instante, uno que no tendría por qué tener más importancia que cualquier otro, el nudo se rompió. Había dejado que creciese y apretase tanto que fue como abrir una presa de golpe y dejar fluir el agua.

Se me llenaron los ojos de lágrimas.

—Lo siento. Lo siento mucho, Gabriel...

Tú parpadeaste y te tragaste el dolor. Aunque no hablásemos, me conocías. Sabías lo mucho que a veces me costaba expresarme y mi manera de canalizar las cosas: gota a gota hasta que me llenaba por dentro y no podía contenerlo más.

—No digas eso, no vuelvas a decirlo. Ven aquí.

Me cogiste de la mano y nos alejamos de allí hasta dar con una calle tranquila y sin salida. Te inclinaste sobre mí, alzaste mi rostro y me limpiaste las lágrimas con los pulgares mientras yo intentaba concentrarme en respirar..., solo respirar...

—Hay algo que no está bien en nosotros.

—Ni se te ocurra pensarlo. Escúchame, Valentina: te elegí a ti, ¿de acuerdo? No elegí a unos hijos que no conozco, que puede que nunca conozca, te elegí solamente a ti porque te quiero y deseaba compartir mi vida contigo. Todo lo demás es prescindible.

Sollocé cuando te abracé aferrándome a tu abrigo.

¿Sabes lo que más recuerdo de ese día? No es el mercadillo navideño, ni el rostro inocente de aquel niño, ni la sensación liviana cuando me rompí del todo y dejé de esforzarme por mantener las partes unidas. Lo que recuerdo es que, en ese momento, tu dolor era tan grande como el mío, pero no podíamos caer los dos a la vez, éramos un equipo, así que me viste tropezar y tiraste de mí ignorando tus heridas, que también estaban en carne viva. Me demostraste que la fortaleza tiene mucho que ver con el amor. Esa noche te necesitaba tanto que tu propia angustia menguó un poco cuando me pusiste a mí por delante. Nunca he conocido un hombre tan generoso y valiente como tú.

Regresamos a casa en silencio. Calentaste leche en un cazo mientras me cambiaba de ropa y me limpiaba los restos de maquillaje. Encendí la lamparita de noche, aparté las mantas de la cama a un lado y te sonreí con tristeza cuando apareciste con un vaso y lo dejaste en mi mesilla. Respiraste hondo y me miraste con una ternura infinita:

—Tenemos que hablar, Valentina. Deberíamos haberlo hecho hace tiempo. Y siento haberlo evitado, pero no sabía..., no sabía cómo afrontarlo y conforme pasaron los meses fue más difícil. Pero somos nosotros. Míranos. Prometimos que no tendríamos secretos, que lo compartiríamos todo; lo bueno y lo malo.

Asentí con la cabeza y me mordí el labio cuando las lágrimas brotaron otra vez. Había abierto esa puerta cerrada con llave y ya no había manera de cerrarla. Tampoco quería hacerlo. Antes era un lugar oscuro y sin fisuras donde no puede entrar la luz.

—Me gustaría que las cosas fuesen diferentes...

—Ya lo sé, pero esta es nuestra realidad.

—Al principio ni siquiera lo deseaba de verdad, ¿sabes? Era tan solo una idea lógica después de la boda, como cuando lees una lista de la compra y te sabes de memoria cuál es el siguiente punto. Ni siquiera me entristecí al ver que no llegaba. No sentí nada. Pero entonces algo cambió, no sé cuándo ni por qué, pero pasó y empecé a notar un inmenso y vacío agujero que no puedo llenar con nada y que no debería estar ahí porque es ilógico sentir añoranza de algo que nunca se ha tenido. Pero lo quiero. Quiero sus mejillas sonrosadas y sus manitas pequeñas y sus piernas rollizas. Cada mes que dejamos atrás me pesa más. Y me duele también por ti. Porque noto cómo miras a los niños de los demás cuando vamos por la calle. No puedes esconder algo así, Gabriel, no a mí.

—Valentina, cariño...

Pero no podía parar. Ni siquiera ante el ruego de tu voz.

—Así que me levanto cada mañana y solo veo ante mí otro día vacío y gris, al menos hasta que regresas a casa. Entonces se arregla un poco... Entonces... aún encuentro consuelo cuando leemos juntos o te acurrucas en la cama a mi lado, pero el resto del tiempo no sé quién soy y aquí solo hay silencio y vacío...

Tú parpadeaste. Parecías sorprendido al comprender que no era feliz. Quizá confundido porque era la primera vez que no te habías adelantado a mis propios sentimientos. Porque normalmente era así; casi siempre sabías ver a través de mi piel.

Pero en esa ocasión no te dejé hacerlo. No fue culpa tuya.

—No quiero verte así —susurraste.

—Ya lo sé. Siento todo esto...

—No hagas eso. No lo sientas.

—Es que las cosas deberían ser distintas.

—Las cosas son como son, Valentina. No podemos cambiar eso, pero sí podemos cambiarnos a nosotros mismos. Y no quiero que tu vida gire en torno a todo esto, no quiero que te sientas así nunca más. —Me limpiaste las lágrimas con los pulgares.

Entonces una idea se coló en mi cabeza y me pareció maravillosa tan solo porque sabía que me mantendría ocupada y tendría menos tiempo para pensar o lamentarme.

—Quizá..., quizá podría trabajar...

Te frotaste la nuca pensativo. Una arruga de preocupación cruzó tu frente y se quedó ahí. Aquello te había pillado por sorpresa y parecías incómodo.

—No me hagas esto, Valentina —dijiste entonces antes de cerrar los ojos y suspirar hondo—. Sabes que no puedo decirte que no a algo, pero no soporto pensar que volverás a trabajar allí, limpiando y dejando que esa idiota estirada te dé órdenes todo el tiempo...

—Pero es lo único que se me da bien.

—Podrías hacer mucho más, Valentina.

—Creo que así me distraería y me sentiría útil.

Quizá, por un instante fugaz, se te pasó por la cabeza que las cosas serían mucho más fáciles si me limitase a comportarme como las demás mujeres; la mayoría sencillamente se ocupaban de sus tareas en casa y complacían a sus maridos. Pero se suponía que nosotros éramos diferentes. Tú siempre decías eso. Tú me habías prometido que no habría límites ni normas que nos cortasen las alas. Y allí estábamos aquella noche, mirándonos como si de repente hablásemos un idioma distinto. Fue un bombardeo imprevisto: el bebé, querer empezar a trabajar y que tú descubrieses que necesitaba más.

Apenas llevábamos dos años casados y estábamos viviendo una de las peores crisis por las que pasaríamos nunca. Porque yo estaba perdida. Y porque tú aún no lo sabías y no habías salido a buscarme. Así que no nos encontrábamos. Estábamos a unos metros de distancia, contemplándonos el uno al otro, y no nos encontrábamos, Gabriel. Qué dañino puede ser en ocasiones el silencio dentro de un matrimonio. Y aquel día lo habíamos roto, pero ahora tocaba coger todas esas palabras que no habíamos dicho antes y comprenderlas.

Saliste del dormitorio. Escuché el chasquido del mechero a lo lejos y esperé, esperé, esperé hasta que regresaste y cerraste la puerta despacio antes de acercarte. Apartaste las mantas, te metiste dentro de la cama y noté tu brazo rodeándome. Tenías las manos heladas después de haber estado fumando en la ventana del salón; no te había visto, pero lo sabía, porque siempre apoyabas los codos en el alféizar y observabas la calle y el cielo.

—Pensaba que eras feliz —murmuraste contra mi pelo.

Tardé en responder, porque no quería que creyeses que aquello tenía algo que ver con nosotros. Tú eras lo mejor que me había pasado en la vida, el antes y el después que lo ilumino todo. El problema era que no podías llenar todos mis vacíos, no hubiese sido justo ni para ti ni tampoco para mí. Tenía que empezar a descubrir por mi cuenta quién era.

—Y lo soy, Gabriel. Si estamos juntos todo es perfecto, no necesito nada más. Pero cuando me quedo sola, siento que me falta algo, ¿lo entiendes? Es un agujero que cada vez se hace más profundo, como si cavase sin parar, y no consigo llenarlo ni taparlo o fingir que no lo siento aquí. —Cogí tu mano y me la llevé al pecho. Escuché que dejabas escapar el aire que estabas conteniendo—. Quizá algo esté mal en mí...

Ninguno de los dos hablamos durante un largo minuto, pero oí el ligero roce de las sábanas y el crujir del colchón cuando te giraste para mirarme:

—No. Tienes razón, imagino lo que debe de ser pasarte el día entre estas paredes, pero creo que podrías hacer algo más, algo que te gustase. Dame un mes, ¿de acuerdo? Dame ese tiempo para ver si se me ocurre algo y, si no, decide tú qué quieres hacer.

—Vale. —Sonreí y me acurruqué contra ti.

Nuestros labios se encontraron.

—Y en cuanto al bebé...

—No lo digas —rogué.

—Deberíamos dejar de pensarlo.

El murmullo de la noche nos envolvió. Te abracé más fuerte y luego busqué a tientas los botones de tu camisa y empecé a desabrochártelos con prisas, mientras te oía respirar hondo. Te susurré que te quería. Te lo susurré mil veces.

9

Era un martes cualquiera, pero llegaste a casa de buen humor. Lo sé porque siempre que tenías un gran día encendías el tocadiscos que habíamos comprado las anteriores navidades y elegías un vinilo del pequeño repertorio que cada vez hacíamos más grande. *Mi gran noche*, de Raphael, inundó el salón y sonreí, porque a mí me encantaba esa canción y tú siempre te burlabas. Solían gustarte más los grupos extranjeros, esos que se escuchaban menos por la radio, aunque Nino Bravo era tu debilidad. Me tendiste la mano y me diste una vuelta antes de pegarme a ti y empezar a cantarme al oído.

—«¿Qué pasará, qué misterio habrá? Puede ser mi gran noche...».

—¿Qué mosca te ha picado hoy? —pregunté.

—«Caminaré, abrazado a mi amor, por las calles sin rumbo...».

—Gabriel, tengo el arroz en el fuego. —Me eché a reír.

—Pues será mejor que lo apaguemos, porque esto es importante. —Me soltaste y fuiste a la cocina a toda prisa mientras la canción seguía sonando. Después me pediste que me sentase en el sofá tapizado que tú mismo habías hecho en el taller de tu padre para nosotros—. Creo que esto te va a encantar. Lo vi el otro día colgado en la pared de anuncios de la universidad, lo he consultado con Martínez y dice que es una buena opción.

—Me estás poniendo nerviosa.

Te sacaste un papel doblado del bolsillo del pantalón y me lo tendiste. Parecías entusiasmado. Mientras esperabas mi reacción, sonreías con los ojos. Lo leí. «Curso de taquigrafía y mecanografía». Parpadeé confundida antes de alzar la vista.

—¿Qué te parece? Pensé que te gustaría.

—Pero..., Gabriel, no puedo hacerlo.

—¿Por qué no? —Frunciste el ceño.

—¿Te burlas de mí? —Me levanté—. ¡No tengo estudios! Hasta que te conocí a ti apenas sabía leer como una niña pequeña. ¿Y ahora quieres que haga esto...? —Agité el papel del anuncio en la mano, alterada, mientras tú me mirabas sin saber qué decir.

Cuando conseguiste reaccionar, me rodeaste la cintura con los brazos. Yo intenté zafarme, pero me pediste que me calmase y respiré hondo.

—Confío en ti, Valentina. Y sabía que te gustaría. Te encanta el mundo de las letras, de las palabras, y es algo que tiene demanda. Podrías trabajar como secretaria en algún despacho de abogados, o en los juzgados, o en muchos otros sitios. ¿No era eso lo que querías, cariño? Dime qué es lo que necesitas, porque te juro que me voy a volver loco si sigo viéndote así, tan apagada cada día. Sabes que también sufro, ¿verdad? —susurraste con la mirada brillante, desafiándome mientras los dos respirábamos agitados—. Necesito que lo sepas. Que también me duele todo esto. Y que estoy a punto de caer...

Tú, el chico valiente e idealista que siempre tenía una sonrisa para mí, estabas «a punto de caer». Hubo algo en esa frase que se me clavó en el alma. O quizá fue por lo que encontré en tus ojos, una incertidumbre que ya no sabías disimular.

Me limpié las lágrimas con el dorso de la mano.

—Me da miedo no ser capaz. Decepcionarte.

—A mí nunca podrías decepcionarme, Valentina.

—No te merezco. —Escondí el rostro en tu pecho.

—No vuelvas a decir eso. Espera un segundo. —Fuiste hasta el tocadiscos, quitaste el vinilo de Raphael y pusiste el de Nino Bravo, tu preferido. *Te quiero, te quiero* empezó a sonar y yo sonreí, aunque aún estaba llorando. Te encantaba esa canción y solías tarareármela al oído a menudo—. Deberíamos salir a celebrarlo. Ir al cine, por ejemplo.

—Suena bien. Por cierto, eres consciente de que mi padre intentará matarte, ¿verdad? Consentir que su hija estudie y nada menos que para conseguir un empleo...

—¿Parezco preocupado? —Tus labios me rozaron la oreja—. «Te quiero, vida mía. Te quiero noche y día, no he querido nunca así. Te quiero con ternura, con miedo, con locura, solo vivo para ti... Yo te seré siempre fiel, pues para mí quiero en flor ese clavel de tu piel y de tu amor. Mi voz igual que un niño, te pide con cariño, ven a mí, abrázame...».

Yo me reí al tiempo que nos mecíamos juntos, con mis manos alrededor de tu cuello y tu aliento haciéndome cosquillas en la mejilla. Ese día, cuando nos fuimos a la cama, me di cuenta de que aún tenía miedo, Gabriel. Temía no estar al nivel de los demás en el curso, quedarme atrás y no conseguir aquel reto que ahora tenía por delante. Pero, tras darte un beso de buenas noches, dibujé una sonrisa en la almohada.

Y sentí un cosquilleo en la tripa.

Algunos lo llaman «ilusión».

10

Notaste que estaba nerviosa y me cogiste de la mano antes de cruzar el umbral de la puerta. Era domingo. Quizá debería haberme puesto el vestido más recatado que normalmente usaba cuando iba a ver a mis padres, pero aquel día no me apeteció. Me vestí con un modelo azul cielo que había comprado no hacía mucho un día que me acompañaste a la modista; era unos centímetros por encima de la rodilla, de corte recto y cuello ovalado. A ti se te iban los ojos cada vez que me lo ponía y me encantaba eso, que siguieses mirándome como aquel primer día cuando nos cruzamos en la calle. Además, me hacía sentir segura y poderosa, como si estuviese rompiendo alguna norma. Y en parte lo hacía. Rompía las de mi padre. Qué ridículo sonaría eso años después, cuando las mujeres pudiesen vestirse como les viniese en gana cada vez que abriesen el armario.

Mi padre no se fijó en mi ropa hasta que me quité el abrigo y me senté a la mesa. Intenté no reaccionar ante su mirada inquisidora. Mis hermanos, uno de ellos acompañado por su prometida, se acomodaron frente a nosotros. Mientras servíamos la comida de la cazuela que mi madre había preparado, te preguntaron sobre tus clases y, cuando se quejaron de las últimas huelgas de estudiantes, sentí cómo te tensabas a mi lado. Ellos no lo sabían, pero tú cada vez estabas más implicado en las revueltas a favor de la libertad de expresión; te quejabas a menudo de la censura, me contabas lo que se hablaba en los corrillos de la universidad cuando Martínez te pedía que le echases una mano con sus alumnos.

—Ya no hay respeto en las aulas —se quejó mi hermano.

Tú clavaste la mirada en el plato caliente y felicitaste a mi madre diciéndole que estaba delicioso; ella, como siempre, se sonrojó, porque no estaba acostumbrada a recibir halagos de nadie. Mi hermano siguió hablando. Yo sabía que tu opinión estaba tan lejos de las de ellos que cada vez que comíamos con mis padres tenías que hacer un esfuerzo por mantenerte quieto en la silla, aunque puede que ni siquiera se imaginasen que estabas en contra de los métodos que antes usaba el profesorado. Una vez me contaste, aún con rencor, los golpes que te daban con una regla de madera en las puntas de los dedos cuando solo eras un niño o las veces que os sentaban de rodillas debajo de la pizarra con los brazos extendidos en cruz durante toda la tarde. A ti, que habías tenido un padre adelantado a su tiempo que jamás te levantó la mano y que te educó con palabras y cariño.

Y entonces vino lo peor, quizá porque estaba distraída y me pilló desprevenida. Teresa, mi futura cuñada, me miró sonriente e hizo la última pregunta que deseaba escuchar en esos momentos. No fue con maldad, ni siquiera la tenía.

—¿Ya habéis pensado qué nombres les pondréis a los niños? Tu hermano y yo estuvimos hablando sobre eso porque sería ideal no coincidir entre nosotros, ahora que pronto seremos familia —añadió tras limpiarse con la servilleta evitando quitarse el carmín.

Creo que noté tu mano sobre mi muslo, bajo la mesa. No estoy segura, porque estaba ocupada ordenando mis ideas y decidiendo que ya estaba bien, no iba a seguir respondiendo las constantes preguntas sobre el asunto. Estaba cansada de escuchar a mi padre preguntar que «cuándo pensaba darle un nieto», siempre en masculino, claro, y de sonreír forzadamente cada vez que mi madre me enseñaba los patucos que había hecho, la bufandita de colores o el gorro de lana que al final terminaba regalando a las vecinas.

—Podéis usar los nombres que queráis, nosotros aún no sabemos si tendremos hijos. De hecho... —apoyé la cuchara en el borde del plato y alcé la mirada—, he decidido apuntarme a un curso de taquigrafía y mecanografía. Quiero empezar a trabajar el próximo año.

El silencio fue denso y viscoso. Todos contuvieron la respiración hasta que mi padre te señaló con el cubierto antes de dar un golpe en la mesa que hizo sacudir la vajilla.

—¿Qué clase de marido no puede mantener a su mujer?

—La cuestión no es si puedo o no, sino si ella quiere.

—¡Déjate de esas palabrerías tuyas y sé un hombre como Dios manda! —Se puso en pie, apartando la silla hacia atrás mientras tú intentabas mantener la calma—. Mírala, vestida como una golfa e incapaz de tener hijos, ¿de qué le sirve haberse casado contigo?

Saltaste de golpe. Y quizá porque nadie se esperaba una reacción así, mis hermanos no pudieron pararte antes de que cogieses a mi padre del cuello. Vi cómo apretabas. Vi la rabia que había dentro de ti cuando lo miraste. Teresa gritó sofocada. Mi madre se llevó una mano al pecho. Entonces tus palabras llenaron el salón.

—Te mataré si vuelves a hablar así de mi mujer.

Lo soltaste tan rápido como lo habías sujetado.

Mi padre tenía los ojos muy abiertos y parecía consternado. Nunca nadie se le había enfrentado así. Mis hermanos lo respetaban y lo temían casi a partes iguales, mi madre ni siquiera era capaz de llevarle la contraria. Tenía la cara roja cuando habló.

—¡Largo de aquí! —bramó—. Largo de mi casa.

—Vamos. —Me cogiste de la mano con firmeza.

—¡Y ni se os ocurra volver jamás!

—Seguro que no —mascullaste por lo bajo, pero creo que no te oyó, entre el lamento de mi madre y los gritos que seguía profiriendo incluso cuando llegamos al rellano.

Me apretabas la mano con tanta fuerza mientras caminabas con la mirada nublada calle abajo que tuve que pedirte que me soltases cuando empezaste a hacerme daño. Entonces reaccionaste. Dejaste de andar, me besaste los dedos y respiraste hondo. Vi cómo te humedecías los labios, incapaz de hablar, incapaz de mirarme a los ojos.

—Está bien, Gabriel, todo está bien.

—Lo siento, lo siento. —Me abrazaste.

—No lo sientas. —Me aparté y te sostuve las mejillas—. Mírame. No has hecho nada malo, no ha sido culpa tuya. Suficiente..., suficiente has aguantado. Ya encontraré la manera de hablar con mi madre, ¿de acuerdo? Sé cuándo sale a comprar cada día.

Asentiste, pero parecías a punto de desmoronarte.

Aquel día se cerraron algunas puertas. Mi padre cumplió su palabra y no hubo más comidas los domingos, pero casi fue un alivio y no un castigo. Como había previsto, seguí viendo a mamá a menudo, aunque fuese a escondidas y tuviese que explicarle una y otra vez por qué no iba a consentir que le pidieses perdón a mi padre. No quería que lo hicieses. No pensaba que fuese justo para ti ni tampoco para mí. Estaba cansada de agachar la cabeza y de tener que obedecer una ristra de normas ridículas.

Sé que durante muchos años seguiste sintiéndote culpable, aunque intentase convencerte de lo contrario. Nunca pensé que me hubieses arrebatado nada, Gabriel. Nunca te guardé rencor. Y los domingos a partir de entonces empezaron a ser mucho mejores. Más bonitos e interesantes. Íbamos a ver a tu padre, ¿lo recuerdas? Aurelio siempre me compraba esas galletas de canela que tanto me gustaban y las guardaba en la caja de latón que escondía en el armario del comedor o en cualquier otro sitio fácil de encontrar para que yo pudiese buscarlas. Comíamos en el salón y después nos reíamos y hablábamos, o me entretenía con él cuando me enseñaba el catálogo de telas que los proveedores le habían dejado, porque tenía en cuenta mi opinión como si fuese importante. Quise a tu padre como no fui capaz de querer al mío y, aún hoy en día, no me arrepiento de ello. Porque el amor es libre y no entiende nada sobre las reglas sociales.

Y tú y yo, Gabriel, no estábamos hechos para seguir las reglas.

11

Compramos a precio de ganga una máquina de escribir que iban a jubilar en el colegio donde trabajabas; no era muy práctica porque pesaba muchísimo, pero estaba tan contenta que me dio igual y no cedí cuando intentaste convencerme de gastarnos todos nuestros ahorros en una más nueva y bonita. Estaba emocionada. Tanto que la noche antes de empezar el curso apenas pude dormir y no paré de dar vueltas en la cama.

Al día siguiente, me acompañaste hasta el aula en la que se impartían las clases. Era dentro de un edificio de la universidad, a la que tú cada vez acudías con más frecuencia como refuerzo para sacar un extra al mes. Me temblaban las piernas. Me sentía como el día de Navidad antes de abrir los regalos, pero también como cuando te piden que hagas una exposición sobre física cuántica delante de mil personas y no tienes ni idea de qué decir.

El miedo al fracaso se entremezclaba con la ilusión.

—Creo que debería irme a casa —dije entre risas.

—Lo peor es que sé que no bromeas del todo. —Te inclinaste y me diste un beso en la frente—. Todo irá bien, ya lo verás. Seguro que los demás se sienten igual. Vamos, entra. Estaré aquí esperándote cuando salgas. —Te diste la vuelta, te encendiste un cigarro y te marchaste sin mirar atrás caminando por el pasillo lleno de estudiantes.

Tomé aire y entré en el aula. Casi todos los alumnos que ya estaban allí tenían sobre la mesa la máquina de escribir y el manual que usaríamos durante todo el curso. Me fijé en que la gran mayoría eran chicas jóvenes que llevaban los labios pintados y vestían a la moda. Me alegré por haberme puesto aquel día un vestido menos clásico y terminé sentándome en la tercera fila, al lado de una joven de cabello rubio y rizado que me sonrió.

—Soy Clara. —Ella deslizó la vista por mi mano y se fijó en el anillo que llevaba en el dedo anular—. Vaya, ¿estás casada? Qué afortunada.

Correspondí su sonrisa.

—Sí. Me llamo Valentina.

Por aquel entonces, cuando aparté la vista de ella al ver entrar al profesor al aula, no sabía que terminaría convirtiéndose en una de mis mejores amigas. Ella y también otras chicas de aquella clase. Pronto descubrí que era la única que estaba casada, pues todas eran mujeres solteras cuyos padres les habían permitido estudiar, pero entre ellas me sentía una más. Pensábamos igual, soñábamos con las mismas cosas y teníamos ideas parecidas. «Somos una nueva generación», solía decir Clara, una que ya no se conformaba con seguir las reglas de la *Guía de la buena esposa,* ese manual que a muchas nos hicieron leer conforme crecimos. Aspirábamos a más. Ya no solo deseábamos tener alas, sino que queríamos echar a volar sin paracaídas y sin esperar a que nadie nos diese permiso para hacerlo.

12

Tenía el corazón en la garganta. Eran las once de la noche y tú no habías aparecido, cuando siempre llegabas a media tarde los días que no ibas a recogerme después de las clases. Cuando escuché el sonido de las llaves en la puerta, fui corriendo y abrí.

—¡Gabriel! ¿Qué ha ocurrido?

—Los grises... —susurraste.

En la madrugada del 23 de abril de 1971 se había llevado a cabo una de las mayores redadas contra el Partido Comunista de España en la Universidad de Valencia. Toda la estructura fue detenida, entre ellos más de treinta estudiantes; los que no, se escondieron para evitarlo. Se los sometió a interrogatorios y torturas. La universidad se paralizó. Pero las manifestaciones, las protestas y el ambiente de agitación constante continuó años después, hasta entonces. Yo estaba orgullosa de ti, de que luchases por tus ideales, de que siempre fueses valiente por aquello que pensabas que valía la pena, pero cuando esa noche te vi con el rostro ensangrentado, lo único que deseé fue que jamás volvieses a meterte en nada que pudiese ponerte en peligro.

Te cogí del brazo y te llevé hasta el cuarto de baño.

Tenías una brecha en la frente, casi en la línea del pelo, y te sangraba la nariz y el labio. Fui a por una caja en la que guardábamos gasas, aspirinas y un antiséptico. Te limpié las heridas en silencio. No hacía falta que hablásemos para entendernos. Sabía que habías hecho lo que creías correcto. Y también que eso podía tener consecuencias. Tú eras consciente de lo nerviosa que estaba, así que me sujetaste la mano en la que llevaba la gasa cuando empecé a temblar, suspiraste y alzaste la vista.

—Lo siento, ¿de acuerdo? Intentaré...

—¿No terminar en la cárcel? —jadeé.

—Es un buen propósito, sí.

—Gabriel...

—Ya sabías esto.

—Sí, pero ahora..., ahora...

Tus ojos negros se clavaron en los míos.

Me senté a tu lado, en el borde de la bañera, cuando noté que empezaban a temblarme las piernas. Respiré hondo mientras contemplaba los azulejos verdosos que años más tarde estarían cruelmente pasados de moda. Había decidido esperar, sobre todo cuando la posibilidad me parecía casi un espejismo en medio del desierto.

—¿Qué ha cambiado, Valentina?

Tragué saliva con fuerza y te miré:

—Es que creo que estoy embarazada. Solo tengo una semana de falta, pero soy muy regular. No quería contártelo hasta estar segura para que no te hicieses ilusiones, porque me aterra estar equivocada, y ahora yo no sé...

—Ven aquí, cariño.

Me abrazaste tan fuerte que te rodeé el cuello para no caer. Sentí tu aliento cálido en mi piel mientras murmurabas, aunque el pulso me latía tan rápido que apenas escuchaba lo que decías, pero sé que eran palabras cargadas de emoción y promesas susurradas sobre lo que estaba por llegar. Y quise aferrarme a todo aquello.

13

Seguí acudiendo a las clases. Me pasaba el día con náuseas y sueño, pero de repente aquel curso ya no era algo opcional, sino un reto y una meta que deseaba alcanzar. Quizá porque descubrí que la taquigrafía me gustaba más de lo esperado o porque en aquel ambiente empecé a encontrarme y a sentir que encajaba entre esas chicas que no temían decir lo que pensaban y que quedaban para divertirse los domingos por la tarde.

Tú me animabas a salir con ellas después de despedirnos de tu padre tras la comida y la partida de rigor al dominó, pero estaba tan cansada que lo único que me apetecía era ir a casa, acurrucarme en el sofá a tu lado y escuchar alguno de nuestros discos preferidos.

—El domingo que viene —te dije.

—Como quieras. Toma, cariño.

Me diste un caramelo de nata, de esos que me encantaban y a los que nunca podía negarme. Sonreí y me lo metí en la boca mientras tú hacías lo mismo con otro y echábamos a andar hacia casa cogidos de la mano, en silencio. Había algo en esos momentos, en los paseos compartidos juntos, que me dibujaba una sonrisa tonta en la cara. Era entonces, mientras avanzábamos por aquella ciudad que nos acogía, cuando sentía que éramos «compañeros de vida» caminando en una misma dirección.

—¿Caliento leche? —preguntaste al llegar a casa mientras te quitabas la chaqueta—. Creo que aún queda bizcocho. —Siempre merendabas algo dulce.

Asentí distraída. Había empezado a sentirme incómoda durante la comida y poco a poco el malestar se agravó. Me dolía la tripa. Así que decidí que me tomaría ese vaso de leche y, luego, quizá, leería en el sillón antes de cerrar los ojos un rato. Colgué la bufanda granate del perchero tras la puerta y me quité los pendientes antes de ir al cuarto de baño.

No me di cuenta hasta entonces. Pero ahí estaba: un reguero rojo que simbolizaba la pérdida, la desilusión y la angustia. Me fallaron las piernas y me mareé.

Sollocé tan fuerte que debiste oírme desde la cocina. Fue el sonido que podría haber hecho un animal herido, algo que salió de lo más profundo de mi ser. Llamaste a la puerta, pero fui incapaz de responder. Estaba paralizada y rota.

Volviste a llamar más fuerte.

—Valentina, voy a entrar.

Te quedaste pálido tras abrir la puerta. Una mano subió hasta tu pecho mientras me mirabas y el dolor se reflejó en tu rostro, aunque te esforzaste por esconderlo. Había empezado a sangrar cada vez más y más. Y solo podía preguntarme por qué. Intenté apartarte cuando te acercaste para abrazarme y decirme que teníamos que ir a ver a un médico. Quería gritar, pero no me salía la voz. Estaba quebrándome en mil pedazos delante de ti y no podías hacer nada por evitarlo. No hizo falta que, media hora más tarde, el doctor nos explicase que habíamos perdido al bebé. Ya lo sabía. Sentía un vacío inmenso, sordo y latente. Así que, aún temblando, lo único que hice fue mirarte.

—Lo siento —susurré muy bajito.

—Yo también lo siento, cariño.

Me diste un beso tierno en la frente.

Los siguientes días fueron una sucesión de silencios y miradas cargadas de palabras no dichas. Al principio estaba enfadada. Lo estaba porque pensaba que eran nuestros primeros años, esos en los que nos merecíamos ser felices. Lo estaba porque nos queríamos y me frustraba que no pudiésemos tener algo que otros ni siquiera deseaban y conseguían. Creo que pasé por todos los estados de ánimo tan solo en unas semanas. La tristeza, la desilusión, la melancolía. Después llegó la rabia, la ira, la incomprensión. El pensamiento continuo de que aquello «era injusto», «era injusto», «era injusto».

Y, luego, sorprendentemente, llegó la calma.

Tener las clases y salir con Clara y las chicas fue un impulso porque sentía que mi vida no giraba en torno a una sola cosa. Así que las horas del día pronto se llenaron de algo más: iba a clases, tomábamos café juntas y, de vez en cuando, me acercaba a la biblioteca y pasaba horas recorriendo las hileras llenas de libros y eligiendo mi siguiente lectura. A veces, de camino a casa, me sentaba en aquel jardín donde tú me enseñaste a leer con más fluidez años atrás y me perdía en alguna historia. Al pasar las páginas, percibía el mundo que me rodeaba: la frondosidad de los árboles, los nombres de algunos enamorados tallados en los troncos, el cielo añil y las florecillas que crecían entre los adoquines. Y, en algún momento, supongo que me di cuenta de que estaba en paz conmigo misma.

Pero no siempre hemos recorrido todos los caminos cogidos de la mano, ¿verdad, Gabriel? A veces uno de los dos se soltaba sin querer y se quedaba atrás por mucho que intentase correr para alcanzar al otro. No es sencillo que dos personas caminen siempre al mismo ritmo, por la misma senda, en la misma dirección. Una aprende que, de vez en cuando, debe mirar atrás para asegurarse de no abandonar a la persona amada.

Y en esa ocasión te ocurrió a ti. Tropezaste. Te caíste y te raspaste las rodillas, pero no encontraste el valor para pedirme ayuda porque temías arrastrarme contigo. Lo supe aquella tarde, cuando llegué a casa y tú no me oíste entrar. Tenías puesta la música. Se suponía que iba a llegar al anochecer, pero cambié de opinión a última hora y decidí que me apetecía más pasar un rato contigo que con mis compañeras. Y allí estabas tú, sentado en el suelo del salón, con la espalda apoyada en la pared y la mirada acuosa y perdida.

Me arrodillé delante de ti y te acaricié la mejilla.

No dijiste nada. Me rompió el corazón verte así.

Y deshice mis pasos para poder alcanzarte.

—¿Qué es lo que sientes, Gabriel?

Respiraste hondo apartando la mirada.

—Vacío. Y miedo. Y tristeza. Me siento todo el tiempo como si tuviese algo atascado dentro del pecho y no sé por qué, ni siquiera lo entiendo, Valentina. Y sé que debería estar entero para ti y ser más fuerte. Pero esta vez no puedo. Me mata pensar que tu padre pudiese tener razón y que te des cuenta algún día de que tu vida no ha cambiado al casarte conmigo, porque te quiero más que a nada. A ciegas, por necesidad, porque te siento aquí. —Te llevaste una mano al pecho—. Y quería dártelo todo. ¿Recuerdas lo que te dije la primera noche que pasamos en esta casa? Que me enamoré de ti porque tenías el mundo a tus pies, pero aún no te habías dado cuenta.

—Gabriel... —sollocé y te abracé fuerte.

—Yo quería estar a tu lado cuando fueses descubriendo ese pedazo del mundo que aún no sabías que te pertenecía, pero me da miedo que falte un trozo tan grande que...

—No. —Te obligué a mirarme y el alivio me golpeó cuando entendí que gran parte de tu dolor se iba desva-

95

neciendo, porque lo único que necesitabas era hablar conmigo, dejar volar las palabras sin preocuparte por una vez de ser quien guardase la calma—. Tú siempre serás mi mejor casualidad. ¿Sabes por qué? Porque tenías razón: no lo sabía, Gabriel. Llevaba una venda en los ojos y nunca intenté quitármela. Qué tonto suena ahora, pero ni siquiera imaginaba que podría hacerlo. Lo único que me enseñaron antes de venir a la ciudad fue matar animales, preparar la comida y mantener la casa limpia.

Sonreíste. Y pensé que tenías la sonrisa más bonita del mundo; era de media luna, pero siempre te llegaba a los ojos y asomaban pequeñas arrugas alrededor.

—Ahora no te imagino haciendo eso.

—¿Matando animales? —Me senté a tu lado en el suelo—. Tenías que verme, no se me daba nada bien. Menos mal que nos mudamos. La primera vez que mi abuela me pidió que matase a una gallina, pensé que sería fácil, pero... te aseguro que no. Son más resistentes de lo que parece. Salí de allí despavorida y dejando el trabajo a medias.

Soltaste una carcajada ronca y se te formaron un par de hoyuelos en las mejillas mientras sacabas el paquete de tabaco del bolsillo del pantalón para encenderte un cigarro.

—Me alegra que prefieras la taquigrafía.

—Me encanta. Y todo gracias a ti.

—Te aseguro que el mérito no es mío.

—Tú me enseñaste a leer y a escribir mejor.

—Al parecer ayudó para que te casases conmigo.

Te di un empujón en el hombro y nos echamos a reír. Habíamos empezado aquella conversación lamentándonos y la terminamos sonriendo.

—He estado pensando que este verano deberíamos irnos de vacaciones. —Me mordí el labio inferior y añadí—: Hemos pasado unos años complicados. Nos lo merecemos. Nos merecemos un respiro y no pensar en nada, ¿qué te parece? No hace falta que nos vayamos muy lejos, podríamos ir donde todos esos turistas, a Benidorm o a la Costa Brava.

Me cogiste la cara con una mano, apretándome los mofletes.

Sonreí cuando me besaste con esa seguridad tuya.

—Creo que es una idea perfecta, cariño.

Te pusiste en pie y tiraste de mí para alzarme.

—¿A dónde vamos? —pregunté siguiéndote.

—Necesito hacerlo, necesito... esto...

Miraste la pared del dormitorio. Había varias estrellas que habíamos acumulado con el paso de los años. En realidad, ni siquiera eran estrellas como tal, aunque nosotros las llamábamos así. Eran puntos diminutos que simbolizaban recuerdos inmensos. El de aquella primera noche que estuvimos juntos en esa habitación. El de esa vez que pasamos la tarde bailando en el salón, bebimos demasiado vino y nos reímos hasta tener dolor de tripa. O el de mi primer día de clase. Todos estaban sobre el cabecero de nuestra cama.

—¿Estás seguro, Gabriel? —te pregunté.

Me miraste. Sí que estabas seguro. Lo vi.

—Los recuerdos malos también somos nosotros.

Y entonces trazaste otra estrella. La de la pérdida. La de «lo que pudo haber sido y no fue», esa que marcó el fin de algo porque, después, uniste los puntos hasta formar nuestra primera constelación. Pensé que era bonita. Agridulce. Única.

14

Me hacía gracia tu reloj interno. Si estábamos de vacaciones, dormías más que nadie. Sin embargo, cualquier día normal acostumbrabas a levantarte antes de que saliese el sol. Lo recuerdo especialmente porque siempre te decía que no había nada más placentero que abrir los ojos aún en la cama y quedarse un rato entre las mantas observando la primera luz pálida de la mañana. «Y tú te lo estás perdiendo», añadía. O quizá era que, cuando me despertaba y veía tu hueco en el lado derecho de la cama, ya empezaba a echarte de menos.

Como de costumbre, eso fue lo que encontré aquel día.

Me puse la bata y, cuando entré en la cocina, sonreí al ver que habías ido a la panadería de la esquina a comprar dulces de anís recién hechos. Me serví café y fui al salón. Estabas sentado en el sillón con el cuerpo inclinado hacia delante y los codos apoyados en las rodillas sin apartar la vista del televisor. Alzaste la barbilla cuando me viste, todavía mordiéndote las uñas. Luego sonreíste. Parecías preocupado, pero también feliz.

—¿Qué te pasa?

—Franco ha muerto.

Y entonces una nueva palabra se coló en la vida que conocíamos. «Incertidumbre». Nadie sabía qué iba a ocurrir, aunque los siguientes acontecimientos fuesen determinantes para nuestras vidas. Pero pronto, antes siquiera de que diese comienzo la Transición, entendimos que a veces hasta los mejores cambios implican sacrificios y riesgos.

15

Recuerdo aquel verano como si fuese ayer. Recuerdo la luz del sol al amanecer, tan clara, tan suave. Recuerdo nuestros cuerpos enredados bajo las sábanas en aquel colchón lleno de muelles sueltos en el que dimos rienda suelta a la pasión. Recuerdo tu sonrisa, Gabriel, siempre tu sonrisa. Llena, plena, honesta. Recuerdo tus manos en mi piel recubierta por la arena de la playa y lo mucho que nos reímos en aquel restaurante en el que nos dimos el capricho de cenar y donde el camarero se equivocó con todos los platos, pero estábamos tan felices que ni nos importó. Recuerdo tu voz susurrando cada noche el libro que estábamos leyendo entonces, lo mágico que era escucharte e imaginar historias, vivir dentro de esas páginas a tu lado. Recuerdo que no necesitábamos nada más para sentirnos satisfechos, porque durante aquellos días llenos de sol, mar y miradas brillantes, nos dimos cuenta de que siempre nos tendríamos el uno al otro. ¿Y qué más podíamos desear?

Lástima que solo guardemos un par de fotografías de aquel viaje. Nos lo pasamos tan bien en el *camping* que a partir del segundo día no nos acordamos de coger la cámara.

Y regresamos más enamorados que nunca.

Porque esa era una de mis teorías contigo.

Podía enamorarme de ti muchas veces. Lo comprobé con el paso de los años. A veces pasábamos una mala racha, y en otras ocasiones la vida golpeaba tan fuerte que apenas recordábamos qué hacíamos allí viviéndola juntos y cogidos de la mano. Hasta que ocurría. Quizá lo despertaba un instante, una frase, un gesto o una mirada, pero de pronto me sentía de nuevo como esa chica ingenua que estaba loca por ti años atrás. Y tú y yo volvíamos a ser, queriéndonos más y mejor, como si cada bache nos reforzase.

Aquel viaje fue un punto y aparte, uno de los buenos.

Cuando regresamos estaba agotada pero radiante. Dibujamos juntos esa nueva constelación, una que siempre recordaríamos con cariño, la que vino después de la última que estaba teñida de dolor, aunque quisiésemos conservarla, porque tú tenías razón, como de costumbre: «Los recuerdos malos también somos nosotros».

Así que, cuando fuimos al médico unas semanas más tarde para ver si me podía dar unas vitaminas o algo para la gripe, no esperábamos aquello. Habíamos estado tan perdidos encontrándonos de nuevo y saboreando cada instante que no llevé la cuenta de los días.

El doctor suspiró hondo tras examinarme.

—No está enferma, está embarazada.

16

Sofía nació una mañana templada de primavera.

Y todavía hoy, después de tantos años, sigo sin encontrar las palabras adecuadas para describir lo que sentí en aquel momento, cuando la tuve entre mis brazos y por primera vez te vi llorar, Gabriel. No podías dejar de mirar a tu hija. Le entregaste el corazón sin dudar en cuanto la cogiste con los ojos aún brillantes, acunándola contra tu pecho, y ya nunca se lo pediste ni intentaste recuperarlo.

Fue suyo así, de forma incondicional.

17

Los grises años setenta, como algunos los recuerdan, comenzaron siendo un cielo nublado que después el sol bañó con su luz. Tú solías decir que fueron como cuando muerdes una manzana que está demasiado ácida y al principio quieres escupirla, pero, conforme vas dándole un bocado tras otro, empiezas a pensar que quizá no está tan mal, incluso con la piel y todo, con pepitas agrias y el corazón fibroso. Porque fue el principio del cambio. Tras unos años duros en aquella época convulsa, confusa y complicada, dejamos atrás la dictadura y la primavera llegó después de un largo invierno; la moda se volvió más ecléctica y atrevida, los garitos se llenaron de música que dieron paso a la Movida, las artes empezaron a salir de ese asfixiante capullo de seda donde habían permanecido durante demasiado tiempo.

Yo terminé el curso de taquigrafía y mecanografía con honores y recibí una primera oferta de trabajo que rechacé porque temí ponerme a dar a luz el primer día, pero, aun así, fue uno de los momentos más emocionantes de mi vida, porque me sentí orgullosa de mí misma y me llevé de allí a un buen puñado de amigas que siempre me acompañarían. Se estrenó la película *Tiburón* y tú te empeñaste en verla, aunque a mí me daba pavor; a cambio, me vengué años más tarde convenciéndote para que me acompañases a ver *Grease*, que a ti te horrorizó. Murió Elvis Presley y Charles Chaplin. Nos compramos el primer televisor. Y también un coche. Tú parecías un niño con un juguete nuevo. Era un Renault 4 y nos costó 234 296 pesetas. Ahora me hace gracia recordar que era tan pequeño que apenas sabíamos dónde meter el equipaje cuando viajábamos, y en verano nos asábamos incluso con todas las ventanillas bajadas. Por aquel entonces, nos parecía que no podíamos desear nada más, que estábamos en la cima del mundo.

Y llegó nuestra pequeña Sofía.

Cuando ya menos lo esperábamos...

Cuando casi habíamos perdido la esperanza...

Sacudió nuestras vidas desde los cimientos. Estábamos enamorados de ella. De esas piernas rollizas con las que terminó dando sus primeros pasos poco antes de cumplir un año, aquel que celebramos en casa de tu padre un domingo que mi madre pudo escaparse para venir. Y de sus ojos, que eran idénticos a los tuyos, negros y profundos, llenos de verdad. Sofía siempre se pareció a ti en todo. En el carácter. En la sonrisa. En lo soñadora e idealista que era. En la forma de afrontar las cosas, con esa costumbre suya de tragárselo todo hasta que no podía más y terminaba por soltarlo de golpe.

Y, quizá por eso, siempre fue tu gran debilidad.

Me encantaba poder contemplaros en silencio mientras jugabais sobre la alfombra del salón. Era maravilloso ver cómo te miraba con adoración. Y confiaba en ti a ciegas cuando la lanzabas en el aire o le pedías que hiciese cualquier cosa: «Ve, escóndete en la despensa y cuenta hasta cien» o «dile al abuelo que tiene cara de berenjena». ¿Sabes lo difícil que es encontrar un amor tan puro e inocente? Te lo ganabas a pulso, de eso no tenía dudas. Disfrutabas siendo padre y siempre estabas ahí para ella; no solo en los buenos momentos, también en los más complicados, como aquella noche que no conseguíamos que le bajase la fiebre y te metiste en la bañera, abrazando a Sophie contra tu pecho y consolando su llanto. Siempre te tomabas en serio lo que decía, incluso cuando era tan pequeña que el resto de los adultos la ignoraban. Le dedicabas tu tiempo.

¿Y qué puede haber más valioso para un hijo que eso?

Aquellos maravillosos ochenta

18

Qué efervescentes fueron los ochenta. Tan nuestros, tan locos e imprevisibles. Los vivimos expectantes. Apenas te daba tiempo a asimilar algo antes de que llegase otra novedad, pero éramos insaciables. Cuando te preguntaban años después por aquellos tiempos, tú solías decir que fueron como el pica-pica, chispeantes en la punta de la lengua.

Llegaron esos cómics que a ti tanto te gustaron y los anuncios que incitaban al consumismo. Las chaquetas de cuero, los peinados multicolores, las hombreras y los cardados. Los primeros videojuegos a los que terminaste aficionándote con el tiempo para sorpresa de todos. Programas en la televisión que sorprendían, como *La edad de oro* o, más tarde, *Un, dos, tres*; y también series como *Falcon Crest* y *Dallas*. Bebíamos tónica Schweppes mientras la cantante de Mecano daba a conocer la Coca-Cola Light. Fue la revolución sexual y musical con Radio Futura,

Alaska y los Pegamoides, Los Imperdibles Azules o Nacha Pop. Y en medio de aquel jolgorio inagotable, vivimos la muerte de Chanquete y fuimos testigos de la caída del muro de Berlín, entre otras muchas cosas.

Los ochenta no solo fueron especiales porque marcaron un antes y un después, sino también porque fue la época más dulce de nuestra vida. Después de pasarnos la década anterior con altibajos y masticando una manzana ácida tras otra, decidimos que había llegado el momento de hacer algo diferente, las cortamos en rodajas y las metimos en un pastel esponjoso y delicioso. Al abrir el horno, como resultado, nos encontramos con unos años inolvidables. Creamos una familia. Tú y yo, Gabriel, juntos. Fue nuestro gran logro.

19

—¡Papá, mira! ¡Mira, papá! ¡No me estás mirando!

—Sí que te miro, nena. ¡Vaya, qué salto más alto!

Sofía sonrió y luego correteó por la arena hasta la orilla de la playa, riéndose cada vez que la espuma de las olas le bañaba los pies. Me miraste bajo la luz del sol de aquella mañana de verano y te inclinaste para darme un beso corto en los labios antes de ponerte en pie e ir tras ella a la carrera. Os contemplé desde lejos con una sonrisa en los labios. Ella chapoteaba en el agua. Tú te reías al verla. Ella te cogió de la mano para que la siguieras y terminasteis los dos sentados en la orilla y jugando con el cubo y la pala de plástico que habíamos comprado. Me tumbé en la toalla y me relajé. Cuando abrí los ojos veinte minutos más tarde, habíais empezado a construir un castillo de arena con una fosa alrededor para que el agua lo rodease sin dañarlo.

—Deberíais hacer una torre —comenté.

—¿Le encargamos a mamá que la haga?

—¡Sí! —Sofía me dio el rastrillo contenta.

Es curioso lo mucho que cambian las personas a lo largo de la vida. Nosotros, Gabriel, ya no éramos los mismos. Éramos otros, para bien y para mal. Éramos aquellos que crecimos en caminos separados y también los que se encontraron más de diez años atrás y decidieron compartir una misma dirección. Éramos las canciones que habíamos bailado y todos los momentos que salpicaban la pared en la que tú dibujabas constelaciones. Éramos la niña que tenías junto a ti y también la casa que habíamos convertido juntos en un hogar. Y pese a todo lo que alcanzamos, a pesar de los pasos que dábamos cada día como si no pudiésemos detenernos, aún teníamos sueños y ambiciones, metas y planes que trazábamos sobre aquellos que ya habíamos dejado atrás.

Y a veces despertaban con fuerza...

Pero ese día no. Ese día, mientras os miraba, pensé que todo era perfecto, que no necesitaba nada más. Me dijiste una vez que creías que la vida eran instantes, fotografías que se quedan ancladas en nuestra memoria como si alguien las colocase ahí con una chincheta y palabras sueltas que nos guardamos en el alma.

Tenías razón, Gabriel.

La vida es, al final, un puñado aleatorio de escenas inconexas de la película que empezamos a rodar desde el día en que llegamos al mundo hasta que alguien grita «corten».

Supongo que por eso aún recuerdo aquel momento: los tres jugando con la arena en la orilla de la playa. Sofía terminó agotada y se durmió en cuanto la subimos en el asiento trasero del coche, así que hicimos el trayecto de regreso sin hablar, escuchando *The Wind*, de Cat Stevens, con las ventanillas bajadas y mirándonos de reojo en cada semáforo como si acabásemos de conocernos y fuésemos dos tontos adolescentes. ¿Por qué? No lo sé. Creo que esos instantes surgen cuando menos lo esperas, como estrellas fugaces. Nos pasamos la vida planificando días especiales, el de los cumpleaños, el de Nochevieja y tantos otros que a menudo olvidamos mucho antes que los días más sencillos, los cotidianos, esos que son tan difíciles de predecir que uno nunca sale de casa con la cámara de fotografías colgada del cuello para poder capturarlos. Viven solo en nuestra memoria y, cuando llegamos al final del camino, sencillamente se convierten en polvo, en nada.

Una vez te dije que me parecía triste...

... y tú contestaste que era bonito.

Ahora lo entiendo, Gabriel. Ahora recuerdo aquel día en la playa, nuestras miradas enredándose dentro del coche, tu rostro sonriente con ese bigote que te habías dejado porque estaba de moda y la manera en la que sostenías despreocupadamente el volante con una mano, y pienso..., pienso que es triste que algún día vaya a desaparecer el sabor dulce de ese instante, pero comprendo que debe ocurrir. Porque era solo nuestro. Nos perteneció. Y cuando llegamos a casa, aunque en apariencia fuese un día más, ni siquiera hizo falta que nos dijésemos nada antes de ir directos al dormitorio y dibujar otra estrella sobre el cabecero de la cama, una que abrió una nueva constelación.

20

—¿Qué te ocurre hoy? Pareces enfadada.

Estábamos en una cafetería cerca de la universidad. A veces iba allí por la tarde con Sofía, me llevaba algún cuento que las dos leíamos juntas o compraba una revista en el quiosco que había en esa misma calle si veía que se entretenía con algún juguete. Me tomaba un café y pedía un zumo para ella hasta que tú terminabas de trabajar y pasabas a recogernos. Sofía solía apoyar las manos en el cristal cuando te veía venir caminando y tú la imitabas desde fuera antes de entrar. Después, regresábamos a casa los tres juntos.

Aquel día habías llegado temprano y yo tenía el ceño fruncido mientras le echaba un vistazo rápido a la revista que tenía en las manos. Nada. No estaba por ninguna parte. Ni en la sección «buzón de sugerencias» ni en «preguntas y respuestas de las lectoras».

—No lo entiendo. Aquí dice que, si tienes algo que

aportar o deseas ponerte en contacto con la revista, puedes escribir una carta a este apartado de correos.

—Comprendo —dijiste mientras Sofía se sentaba en tus rodillas.

—Ya hace dos meses que envié la mía y nadie me ha respondido.

Alargaste el cuello para ver mejor esa sección de la que hablaba.

—Cariño, dudo que respondan todas las cartas que les llegan.

—¡Pues que contraten a alguien para que lo haga! —protesté, y tú sonreíste hasta que te diste cuenta de lo enfadada que estaba y la expresión se borró de tus labios—. Puedo entender que no la publiquen, pero deberían tomarse la molestia de contestar. Es una cuestión de principios. De respeto. Y más en una revista que se dirige principalmente a mujeres, con el tiempo que nos hemos sentido ignoradas. No es justo. O, al menos, que avisen con letra pequeña de que sí, puedes escribirles, pero que jamás responderán.

—Valentina...

—No, lo digo en serio.

—Mamá está enfadada... —dijo bajito Sofía.

—No estoy enfadada, cielo. Solo indignada.

—¿Qué es «indignada», papá?

Te mordiste la lengua para no decir en voz alta que «indignación» era enojo, ira o enfado, porque teníamos la norma de no llevarnos la contraria delante de nuestra hija. Yo sacudí la cabeza sin dejar de pasar las páginas de la revista. Me había molestado sentirme ignorada. Había escrito aquellos dos folios llenos de sugerencias con todo el cariño del mundo, repasándolo y tecleando en mi máquina de escribir durante una mañana mientras Sofía corría de un lado a otro en el salón de casa. Después, la había metido en un sobre, lo había cerrado antes de ir a comprar un sello, y la había echado al buzón.

Por supuesto que esperaba una respuesta.

En mi carta, además, me quejaba sobre parte del contenido de la revista. En esencia, las ideas eran buenas, pero no tanto el resultado final. Era una de las publicaciones más leídas en aquella época por mujeres, pero nosotras avanzábamos rápido y sus páginas, en cambio, empezaban a quedarse algo anticuadas. Por no decir que esas secciones en las que se nos invitaba a participar no tenían demasiado sentido cuando, al parecer, nuestra voz no era escuchada por los que dirigían la revista.

—No importa, deberíamos irnos ya —dije.

—Claro que importa. Espera. Voy a pagar y me lo cuentas mejor mientras vamos hacia casa, ¿de acuerdo? —Te levantaste, me diste un beso en la frente y fuiste hasta la barra sacándote la cartera del bolsillo de los vaqueros, ese estilo de pantalones que se habían convertido en tus preferidos desde que llegaron para quedarse.

21

El trato con mi familia seguía siendo tenso, pero habíamos vuelto a hablarnos. No los veía tan a menudo como
antes y tú intentabas evitar coincidir con mi padre. Te
entendía. Entendía que erais tan distintos que te daba
miedo volver a chocar con él o que dijese algo ante lo
que no pudieses contenerte. Aunque no le tuvieses demasiado aprecio, no querías interferir de nuevo en
nuestra relación. Porque puede que, exceptuando a
mamá, yo ya no los quisiese de la misma manera, de ese
modo incondicional que sientes cuando eres pequeña
porque sencillamente has nacido en ese nido y no conoces nada más, pero seguían siendo mi familia. De alguna forma retorcida, me calmaba saber que estaban
bien. Que mis hermanos eran felices después de casar-
se, que Sofía pudiese conocer a sus primos, que tú te
guardases lo que pensabas porque respetabas mi decisión, incluso aunque no estuvieses de acuerdo con todo

o a veces te viese morderte las uñas cuando te ponías nervioso.

Te doy las gracias por eso, Gabriel.

Por no imponerte nunca. Por no darme órdenes ni intentar convencerme de cosas que, en ocasiones, tú veías más claras desde fuera. Por ser generoso en tus consejos. Por ceder. Por quererme con mis defectos y por dejarme ver los tuyos.

A pesar de los avances con mi familia, pasábamos mucho más tiempo con tu padre. Era inevitable. Aurelio era el hombre más dulce que tuve el placer de conocer; nunca se enfadaba, tú tenías un carácter más impulsivo que habías heredado de tu madre. Recuerdo cada momento a su lado con furtiva nostalgia. Seguía comprándome esas galletas de canela que tanto me gustaban; años después, descubrí que tenía que ir caminando hasta una pastelería del barrio del Carmen para conseguir aquella bolsita que yo devoraba en un santiamén mientras él me miraba satisfecho y servía más café. Entonces, cuando tú le contabas qué tal te había ido esa semana en el trabajo o le hablabas de ese libro de texto escolar en el que te habían pedido que participases, Aurelio dejaba escapar el aire para esconder el orgullo que sentía, y a mí me entraban ganas de llorar.

Y con Sofía..., con Sofía se desvivió desde el primer día.

Hacía lo que quería con su abuelo, ¿recuerdas? Te reías al ver que intentaba subirse a su espalda para que la llevase a caballito como tú solías cargarla. A ella le gustaba mandar y era de ideas fijas, mientras que Aurelio se dejaba manejar a su antojo.

Aquel día a mediados de primavera, fuimos a comer a casa de tu padre y noté que parecíais compartir algún secreto, porque, seamos sinceros, Aurelio era incapaz de disimular, no sé cómo pudiste pensar que no lo descubriría.

—¿Hay algo de lo que no me haya enterado?

—¿Qué? ¡No! ¡Claro que no! ¿Por qué lo dices?

—Aurelio, te has puesto nervioso —insistí.

—¡No es verdad! ¡Por supuesto que no!

—Parece que te vaya a dar un ataque.

—Ha tenido una semana dura en el taller —lo excusaste antes de sentarte a su lado y pasarle un brazo por los hombros. Tu padre asintió con demasiado énfasis. Os miré. Erais como dos gotas de agua, aunque él tenía el cabello salpicado de canas y los rasgos más suaves, mientras que tú acababas de cumplir los treinta y cuatro años y desprendías vitalidad. Pero vuestra nariz era igual. Y también los dedos largos, ásperos. Teníais la misma costumbre de morderos las uñas cuando estabais nerviosos.

—Supongo que sabéis que no me engañáis.

—¿Quién te engaña, mamá? —preguntó Sofía.

—A mí no me mires —contestaste riéndote.

Te lancé una ficha de dominó que esquivaste.

Tu padre también terminó riéndose por lo bajo y yo alcé una ceja, incrédula, porque no entendía qué estaba ocurriendo y, oh, no había nada que odiase tanto como las sorpresas. Tú lo sabías, claro que lo sabías. Las Navidades del año anterior estuviste semanas hablándome de mi regalo y yo revolví toda la casa. En serio. Toda. Miré encima de los armarios, debajo de la cama y hasta en el taller de tapicería de tu padre cuando fui a hacerle una visita. Necesitaba saber qué me habías comprado porque la intriga me estaba matando. Nunca lo encontré. Al final resultó que siempre lo llevabas encima, en tu cartera. Eran dos entradas para ver una obra de teatro a la que me había empeñado en ir y que sabía que a ti te horrorizaría, pero que a mí me hizo llorar y me emocionó. Fue la primera vez que dejamos a Sofía con tu padre para salir a solas, algo que no todo el mundo veía bien por aquel entonces, o eso fue lo que me comentó en susurros la vecina de enfrente unos días más tarde. Sinceramente, me importaba poco. Recuerdo aquella noche con cariño, a pesar de que la sopa que pediste estaba fría y sosa, y que luego empezó a llover de sopetón.

La cuestión es que ese día estabas tan raro como tu padre, y te seguiste comportando igual cuando llegamos a casa, bañamos a Sofía y la acostamos antes de quedarnos un rato en el salón leyendo o viendo la televisión.

Me crucé de brazos delante de ti indignada.

—¿Acaso no piensas decírmelo nunca?

—¿Decirte el qué, cariño? Hoy pareces de otro planeta.

—Muy gracioso, Gabriel. Te conozco. Desembucha.

Sonreíste como un niño, con los ojos entrecerrados.

—¿Por qué siempre quieres estropear la sorpresa?

—¡Lo sabía! —Te señalé con el dedo—. ¡Lo sabía! Maldito seas.

Me tiré sobre ti y forcejeamos como críos en el sofá hasta que caímos sobre la alfombra del salón. Me hiciste cosquillas, mi debilidad, y me revolví y grité. Tú te llevaste un dedo a los labios para hacerme callar.

—Vas a despertar a Sofía.

—Y será por tu culpa...

Aún sonreías cuando tus labios cubrieron los míos. Te rodeé el cuello con las manos y durante aquel momento, desde que empezaste a quitarme el camisón hasta que los dos terminamos gimiendo a la vez piel con piel, me olvidé del misterio. Al menos hasta que poco después de acabar volviste a mirarme de reojo con ese brillo travieso, aún tumbado boca arriba en la alfombra del salón. Te estiraste hacia un lado para alcanzar el paquete de tabaco y encenderte un cigarro. Luego, me apartaste el pelo de la frente.

—Prométeme que no te enfadarás.

—Dios mío, ¿qué has hecho, Gabriel?

—Fue un impulso. Después recordé que odias las sorpresas.

—¿Eres consciente de que me estás matando lentamente? —Te miré mientras terminaba de abrocharme los diminutos botones del camisón de color aguamarina.

—La cuestión es que hace unas semanas tú dijiste..., dijiste algo que me pareció interesante. Así que luego estuve pensando sobre eso. Y unos días más tarde quedé

con Martínez para almorzar y, no sé cómo, salió el tema...,
y de repente él comentó que era una idea brillante y que
podría hacer un par de llamadas para conseguirte una
entrevista y yo...

El corazón me latía tan rápido que casi ni te escuchaba.

—¿Una entrevista? ¿Qué ocurre? Habla claro.

Te incorporaste un poco, aún con el cigarrillo en los
labios. Diste una calada larga, soltaste el humo y tardaste
unos segundos en clavar la mirada en mí, porque sabías
que de repente el ambiente se había enrarecido y que no
podías retrasar más aquello.

—Es para un trabajo. Fue todo pensado y hecho allí,
en el momento. No lo sé, cuando me preguntó le dije
que sí, que era genial. Pero ahora me estás mirando así y
creo que quizá me equivoqué. ¿Sabes qué? No tenemos
por qué ir, anularé el compromiso.

—Deja de irte por las ramas, Gabriel —siseé.

Se te escapó una sonrisa pequeña. Tiempo después
me confesaste que fue porque, en ese instante, sin venir
a cuento, te vino el recuerdo de aquellos primeros días
juntos, cuando yo me sonrojaba tan solo con una mirada
y titubeaba al hablarte. Te hizo gracia verme así, comprobar cuánto había cambiado, lo mucho que los dos lo habíamos hecho.

—Dijiste que alguien debería contestar las cartas de la
revista.

—No lo entiendo. ¿Estamos hablando de lo mismo?

—¿Iba en serio? ¿De verdad quieres contestar las cartas de las lectoras?

—Estás bromeando. Dime que estás bromeando...

—No es algo seguro, pero sabes que Martínez tiene muchos contactos y conoce al hijo del director de la revista. Al parecer, se hará cargo del negocio en breve y quiere renovarlo un poco, así que cuando le comentó que era amigo de una lectora indignada por cómo funcionaban algunas cosas en la revista, le hizo gracia y dijo que estaría dispuesto a reunirse contigo y a escuchar esas sugerencias que tenías que decirles.

—¡No me lo puedo creer! Madre mía, Gabriel.

—¿Te gusta la idea? —Me miraste fijamente.

—¡Pero si yo no soy nadie! ¿Cómo voy a reunirme...?

—Eres una mente creativa e inquieta. —Sonreíste—. Mira, solo tienes que ir allí, sentarte con él y ser tú misma. Dile lo que piensas. A veces una visión distinta es lo que algo viciado necesita. Si quieres hacerlo, saldremos dentro de cuatro días.

—¿Saldremos a dónde? —pregunté aún alucinada.

—A Madrid. ¿No te lo he dicho? La reunión es allí, en las oficinas de la revista. No te preocupes por nada, ya lo he hablado con mi padre y él se quedará con Sofía. Le sugerí que se viniese a casa para que estuviese más cómodo, si a ti no te molesta...

Cerré los ojos intentando asimilar toda aquella información. Volví a sentir aquel cosquilleo en la tripa que noté esa primera mañana del curso que hice años atrás y la caricia de la ilusión trepando lentamente. Tú aguardabas con impaciencia. No dije nada, pero deslicé una mano por tu pecho aún desnudo, recorriendo el estómago hacia arriba, hasta llegar a la línea de tu mandíbula, y nos miramos con esa intensidad de los grandes momentos que los dos saboreábamos incluso antes de que ocurriesen, como si pudiésemos adivinar que con el tiempo los recordaríamos. Un viaje. Un desafío. Madrid.

—Y Sofía... —dudé un segundo nerviosa.

—Mi padre se la llevará al taller cada día.

—Pero... no lo sé, Gabriel..., esto...

—Yo me pasaba las tardes en ese taller cuando era pequeño, estará bien. Y nosotros también, aunque nos separemos de ella unos días. Hagámoslo, Valentina.

Sonreí despacio, vacilante, pero tú supiste enseguida que pronto estaríamos rumbo a otra ciudad, no solo porque estaba deseando pasar un fin de semana contigo a solas, sin interferencias, sino también porque necesitaba aprovechar esa oportunidad.

Había leído el significado de la palabra justo unas semanas atrás en el diccionario. «Oportunidad»: momento o circunstancia convenientes para algo. Y aquel era el mío. Lo sabía. Sofía estaba creciendo a pasos agigantados y yo quería avanzar y hacer algo diferente. Bajé al desván de mi alma y encontré una cajita cubierta de polvo donde guardaba todos esos sueños y retos que seguían esperándome. Había llegado la hora de ir a por ellos.

22

Lo recuerdo todo de aquella escapada, hasta el viaje en coche; cuando no escuchábamos música, leía en voz alta el último libro que habíamos elegido entre los dos. Tú sonreías cada vez que algún diálogo te hacía gracia, sobre todo cuando me entusiasmaba demasiado e imitaba las voces que pensaba que tendrían los protagonistas. Las horas se nos pasaron volando y, cuando quisimos darnos cuenta, ya estábamos dejando atrás la Puerta de Alcalá.

Al llegar ya había anochecido y pedimos un par de sándwiches en el hotel, que nos comimos en la habitación. Las paredes estaban forradas de un papel floreado, la moqueta había dejado atrás sus años dorados y escuchábamos discutir a los clientes que teníamos al lado. Nos miramos nerviosos.

—Así no me ayudas, Gabriel —me quejé riéndome.

—Perdona. —Te comiste la corteza de mi sándwich

conforme la fui dejando encima del plato—. Es solo... que creo que es una gran oportunidad.

—Pero no pasará nada si me da largas, ¿verdad?

—Menuda tontería, pues claro que no.

—Porque hemos hecho todo este viaje...

—¿Y qué? Después de la entrevista, salga como salga, vamos a divertirnos. Tú y yo a solas, Valentina. Como en los viejos tiempos. ¿Recuerdas aquellos días en la playa?

—Cuando me quedé embarazada de Sofía.

—Pura estadística. ¿Cuántas veces lo hacíamos al día?

—No lo sé, pero parece que fue en otra vida.

Algo cambió en tu mirada mientras deslizabas los ojos por mi cuerpo, allí sentados en la cama aún cubierta por la colcha de color salmón. Sé que pensaste que últimamente no hacíamos el amor tan a menudo. A veces, cuando llegaba el final del día y nos metíamos bajo las sábanas, estábamos tan agotados que tan solo nos dábamos un beso rápido de buenas noches antes de quedarnos dormidos. Y ese deseo loco e intenso del principio se calmó, igual que el amor efervescente había dado paso a otro más maduro e íntimo.

—Deberíamos acostarnos ya. Mañana será un día largo.

—Sí, tienes razón. —Me levanté y aparté los restos de la cena. Después nos pusimos el pijama, cada uno en su lado de la cama, y apagamos la luz de las lamparitas de noche antes de encontrarnos entre las mantas. Te abracé. En medio del día a día, a veces no era fácil parar y disfrutar de esas pequeñas cosas que las primeras veces lo eclipsaban todo; como lo maravilloso que era sentir que te estremecías cuando te rodeaba la cintura, la sensación confortable al notar tu respiración contra mi mejilla o lo mucho que me calmaba escuchar el latir rítmico y sereno de tu corazón.

—Te quiero, Gabriel —susurré bajito.

—Yo también te quiero, cariño.

Me levanté con diez minutos de retraso y el estómago revuelto. Tú seguías sentado en la cama con la mirada algo perdida mientras yo empezaba a vestirme antes de meterme en el baño. Me miré en el espejo e intenté arreglarme un poco; oculté las ojeras, un poco de rímel en las pestañas y pintalabios rojo. Por aquel entonces llevaba el pelo oscuro por los hombros y recto, un corte que me encantaba, así que tan solo me lo peiné con los dedos.

Desayunamos en el hotel, aunque, en realidad, apenas probé bocado por culpa de los nervios. Poco después, mientras avanzábamos por la calle donde estaban las oficinas y tú me dabas un apretón de ánimo en la mano, me di cuenta de que aquello era una locura. Estaba allí porque un amigo nos había hecho un favor y me daba la impresión de que el hijo del director, el tal Samuel Jiménez, ni siquiera recordaría que hoy tenía una cita conmigo. Porque, ¿quién era en esos momentos? Tan solo un ama de casa que años atrás hizo un curso de taquigrafía y mecanografía y que, a niveles prácticos, le sirvió para terminar escribiendo cartas de opinión con quejas y propuestas a revistas y otros medios.

—Deberíamos dar media vuelta e irnos a casa.

—No seas gallina, Valentina. —Te echaste a reír.

—Lo digo en serio, Gabriel. Ha sido un error.

—Vamos, sube. Yo te espero aquí. No tengas prisa, me tomaré un café en ese bar de enfrente. Y estate tranquila, cariño. Limítate a decir lo que piensas.

Asentí, aunque me temblaban las piernas. Me diste un beso en la frente y luego cruzaste la calle sin mirar atrás mientras te encendías un cigarro. Suspiré hondo antes de entrar en el edificio y dar mi nombre en la recepción. La chica sonrió y dijo que me estaban esperando, algo que me sorprendió y alivió a partes iguales. El interior de aquel lugar estaba decorado con tonos claros en contraste con los muebles oscuros de aspecto clásico; había lámparas de cristales y alfombras con intrincados dibujos que me llamaron la atención. Seguí las indicaciones y subí hasta la última planta, donde estaban los despachos. Una vez allí, tomé aire, llamé a la puerta y esperé con un nudo en la garganta.

El hombre que abrió tendría más o menos nuestra edad. No era lo que esperaba. Vestía de manera informal y su despacho estaba hecho un desastre, con papeles y carpetas por todas partes. Apartó la silla hacia atrás y me invitó a sentarme antes de disculparse.

—Perdona el desorden. No tardaré mucho en mudarme al despacho principal y llevo unas semanas ajetreadas. ¿Quieres tomar algo? ¿Pido que te suban un café?

—No, pero muchas gracias.

—Genial. ¿Puedo llamarte Valentina?

—Sí, claro, señor Jiménez —contesté.

—Samuel, a secas. Es más fácil así. —Rodeó la mesa y se sentó en el sillón negro que había detrás antes de mirarme con ojo crítico—. Así que, por lo que me contó Martínez por teléfono, escribiste una carta a la revista y nunca obtuviste respuesta.

—Dicho así en voz alta no suena para tanto, pero...

—Vamos, desahógate. No te cortes —me animó.

«Di lo que piensas», me había aconsejado Gabriel.

—Es una falta de respeto. —Él alzó una ceja, quizá un poco sorprendido, pero seguí adelante sin dudar—: La revista se dirige principalmente al público femenino y, ahora que por fin se tiene en cuenta nuestra opinión, creo que es indignante que animen a sus lectoras a escribirles, pero luego no se tomen ustedes la molestia de contestarles. Además, ¿qué tipo de fidelidad esperan conseguir ignorando a quienes les dan de comer?

—Eres como una ametralladora.

—No es gracioso, señor Jiménez.

—Samuel —corrigió—. Y lo que me hace gracia es tu entusiasmo, que es admirable. No sé si te lo comentó Martínez, pero ahora que me haré cargo de la revista tengo intención de darle un aire nuevo. Hemos perdido suscriptores en los últimos años.

—No me extraña —se me escapó.

Él se limitó a sonreír más abiertamente.

—Me gustaría poder contar contigo. Recibimos cientos de cartas, de las que normalmente se seleccionan unas cuantas al azar para publicar. Ahora mismo no tenemos personal que se encargue de leerlas ni de filtrarlas, es así de sencillo. Pero creo que, teniendo en cuenta tu currículum y que te graduaste en un curso de mecanografía, podría interesarte el empleo. Mi propuesta, Valentina, es la siguiente: cada dos semanas te llegaría el material a casa a través de un mensajero y tú te encargarías de responder las cartas de las lectoras, así como de hacerme llegar aquellas que contengan sugerencias que creas que puedan interesarme. En este momento, no puedo ofrecerte un sueldo alto hasta que no veamos resultados, pero en el futuro...

—Quiero el trabajo —lo corté sin dudar.

Samuel buscó algo entre el fajo de papeles.

—Como intentaba decirte, confío en que con el cambio de rumbo que queremos darle a la publicación las cosas vayan mejor, lo que sin duda será bueno para todos.

—Podría hacer un resumen mensual con las recomendaciones más interesantes. Imagino que estará ocupado haciéndose cargo de la revista, eso agilizaría las cosas.

—Buena idea. Bienvenida a bordo, Valentina.

Flotaba en una nube cuando salí de aquel despacho. Bajé por las escaleras tan solo para poder echar un vistazo a la planta de redacción y, cuando abrí la puerta que daba a la calle, tú ya estabas esperándome con la vista clavada en el cielo plomizo.

Me lancé a tus brazos; tan feliz, tan ilusionada...

—¡Tengo trabajo, Gabriel! Un trabajo increíble.

—Lo sabía. Era un pálpito. ¡Es que lo sabía!

Nos miramos sonrientes y luego tú me cogiste de la mano y echamos a andar por las calles de la ciudad perdiéndonos entre tiendas, escaparates y bares mientras yo hablaba sin parar de todo lo que había ocurrido allí dentro y de los planes que tenía. Tú escuchabas y sonreías, como siempre, dejándome disfrutar de aquel momento. Estaba eufórica. Te comenté que, como me había dicho Samuel casi al despedirnos, si la propuesta marchaba bien quizá tendría que viajar a Madrid para reunirme con él en alguna ocasión. Me calmaste asegurándome que tu padre cuidaría de Sofía y que, si alguna vez él no podía hacerlo, tú pedirías que te sustituyesen ese día en el trabajo.

Llamamos a casa más tarde, cuando regresamos al hotel para cambiarnos antes de irnos a cenar. Aurelio me aseguró que todo estaba controlado, que Sofía se había comido las espinacas que le había preparado (algo sorprendente, con lo mucho que se resistía a la hora de comer verduras) y que ya estaba con el pijama y a punto de meterse en la cama.

Esa noche me puse un vestido con el que me veía estupenda, cosa que tú corroboraste en cuanto terminé de arreglarme y salí del baño. Era holgado y corto, informal. Igual que tus vaqueros y la camisa que elegiste antes de que abandonásemos la habitación del hotel y diésemos

137

un paseo hasta el restaurante. Yo había protestado porque era un poco caro, pero me recordaste que a partir de entonces contaríamos con dos sueldos y que, además, teníamos que celebrar aquel día y darnos un capricho. Y era cierto. Siempre había seguido el dicho de «si tienes tres pesetas, gástate una y guárdate dos», pero tú tendías más a hacerlo al revés, aunque tampoco eras derrochador, y me animabas a vivir el presente y abrazar los placeres cotidianos. Así que, aquella noche, disfrutamos de la cena: la carne estaba en su punto, tierna, y el postre, un flan de queso, me supo tan delicioso que lamí la cucharilla tras engullir el último trozo.

—¿Sabes que no hay nada más increíble que verte comer?

—Creo que eso no me lo habías dicho nunca.

—Pues lo pienso siempre. Pienso en la manera que tienes de cerrar los ojos y sonreír cuando le das un bocado a algo que te gusta mucho. Es estimulante.

—¿Estimulante?

—Provocador...

Estabas mirándome de esa forma que me hacía contener el aliento, de esa que cuando te había conocido años atrás me calentaba las mejillas y me hacía bajar la vista. Pero entonces ya no. Entonces no aparté los ojos de los tuyos mientras te inclinabas sobre la mesa sin dejar de observarme, hambriento, como si hubieses reparado en mi presencia después de unos meses sin verme del todo. La rutina es un velo silencioso.

—Me muero por llegar al hotel... —susurraste.

—¿Desean algo más? —Nos interrumpió el camarero.

—No, gracias. La cuenta ya —le dijiste sin mirarlo, y yo me estremecí de anticipación, porque había algo ardiente y peligroso en tus ojos oscuros. Y quería ese algo.

Nos cogimos de la mano al salir del restaurante y caminamos rápido calle abajo; entonces, caí en la cuenta de que aquella no era la misma dirección que durante la ida.

—Es por el otro lado, Gabriel.

—No creas que no me tienta la idea, pero tengo un plan mejor. Vamos a ir a divertirnos. Quizá hasta bebamos un poco, como si aún tuviésemos veinte años.

Me reí y decidí dejarme llevar, porque hacerlo contigo era fácil. Terminamos en el barrio de Malasaña bebiendo cerveza en un garito llamado La Vía Láctea donde sonaba una canción vibrante que hablaba de amores radiactivos. Tu cuerpo cada vez estaba más cerca del mío mientras bailábamos, hasta que me dejé caer sobre tu regazo en un sillón granate. Le diste un trago a la copa que acababas de pedir sin dejar de mirarme embelesado y, después, deslizaste la mano lentamente por mi pierna hasta posarla en el muslo.

—Deberías llevar este vestido todos los días.

—Es muy útil para que te mire todo el mundo en la panadería.

—A mí me gusta. —Acariciaste el borde con los dedos y subiste un poco más. Contuve el aliento—. ¿Sabes que cuando te vi por primera vez pensé que no podrías ser más perfecta? Pues me equivocaba. ¿Cómo es ese dicho sobre el buen vino y el paso de los años...?

Solté una carcajada. No por nada en particular, solo por el momento, por la gente que había a nuestro alrededor vestida con ropas que hacía tan solo unos años no podíamos ni imaginar (crestas de colores, minifaldas, medias rotas, chupas de cuero e imperdibles como complemento), y porque parecías más joven que nunca mirándome con los ojos brillantes llenos de deseo. Tosí cuando le di un trago a tu copa. Era un licor fuerte.

—Elige tú la siguiente —me dijiste.

Creo que terminé pidiendo algo que sabía a lima y estaba muy dulce. Lo que sí recuerdo es que nos lo bebimos ya de pie, moviéndonos al ritmo de la música sin dejar de reírnos. Tus manos estaban por todas partes, como si fueses incapaz de dejar de tocarme. Empezó a sonar *La chica de ayer* y me la cantaste al oído mientras yo te besaba el cuello, recordando lo suave que era tu piel y lo mucho que me gustaba el olor de la colonia que usabas. Luego bailamos *Enamorado de la moda juvenil* junto a varios desconocidos y, durante ese instante, mientras saltábamos sin pensar en nada, volvimos atrás en el tiempo, a mirarnos como si aquella fuese nuestra primera cita y deseásemos más. Resulta fascinante lo mucho que a veces nos olvidamos de los rostros que vemos a diario, como si en algún momento impreciso dejásemos de prestar atención. Pero ahí estabas tú. Siempre tú. Esos ojos insondables, las cejas arqueadas, una nariz con personalidad, el cabello revuelto...

Si he de ser sincera, no tengo claro cómo llegamos al hotel. Andando, sí, pero he olvidado cuánto tardamos y qué calles recorrimos. Solo me viene a la memoria el eco de nuestras carcajadas porque tú decías un montón de tonterías sin sentido. Y que a mitad del trayecto me arrinconaste contra un coche para besarme como si fuésemos dos adolescentes que tuviesen que despedirse antes de volver a casa de sus padres tras una noche de juerga.

Y entonces empezó a llover fuerte e intensamente.

Eso nos dio otra razón para reírnos mientras corríamos ignorando las cornisas de los edificios para protegernos. Pensé que no lograríamos llegar al hotel, pero lo hicimos. Subimos hasta la tercera planta y cerraste la puerta en cuanto entramos en la habitación. Nos quedamos mirándonos fijamente, empapados.

Respiraste hondo, lamiéndote los labios mojados, y después nos fundimos en un beso. Uno diferente, que sabía a ti y a mí, a los que éramos en ese instante que estábamos compartiendo. Solo nosotros. Solo jadeos llenando la habitación y tus manos quitándome el vestido con prisas y recorriendo mi piel como si trazases un camino infinito.

Hicimos el amor como si no lo hubiésemos hecho durante más de una década. Nos descubrimos de nuevo como la primera vez. Nos encontramos. Nos amamos.

23

Un mes después, justo cuando me llegó la primera tanda de cartas, descubrí que estaba embarazada. Y al mirar atrás, reconozco que fue un momento extraño. ¿Inoportuno, quizá? Esa sería la palabra más apropiada. Los dos queríamos tener más hijos, pero de nuevo ocurría por sorpresa cuando por fin despegaba laboralmente. Ya había sacrificado aquella parte de mi vida años atrás, porque no pude aceptar el empleo que me ofrecieron estando de ocho meses, y justo en aquel instante estaba tan centrada en el proyecto que tenía entre manos que la noticia fue como el zumbido de una abeja.

Quería otro bebé, lo quería...

Pero también deseaba trabajar...

—Estoy siendo egoísta. Debería estar saltando de alegría. Y lo estoy. Estoy ilusionada, de verdad que sí, pero no quiero renunciar a todo lo demás...

—Escúchame, esta vez será diferente, ¿de acuerdo?

Porque trabajas desde casa y puedes seguir haciéndolo. Yo te ayudaré. Intentaremos compaginarnos. Puedo cambiar el horario de tardes para recoger a Sofía del colegio. Nos apañaremos.

Asentí con un nudo en la garganta.

Un nudo que desapareció semanas y meses después, conforme Pablo crecía dentro de mí. De hecho, fue un embarazo tranquilo y me encontré mucho mejor que en el de Sofía. En algún momento impreciso, conecté con él. Y fue una conexión preciosa, única y llena de amor. Quizá porque, por primera vez en años, estaba a solas cada mañana tan solo acompañada por la máquina de escribir y por las patadas que Pablo me daba sin parar. Compartíamos aquella rutina: el café con leche descafeinado, los momentos en los que me quedaba pensativa contemplando la calle por la ventana, las cartas que recogíamos y llevábamos a correos y la satisfacción que sentía al estar haciendo algo útil que me llenaba, hablando con mujeres de todas partes de España. También con hombres, aunque pocos. Yo siempre he creído que nosotras somos mucho más comunicativas, que nos gusta compartir, dar, abrirnos y nos implicamos en todo de una forma más emocional.

Me reuní en dos ocasiones con Samuel y en ambas fuimos a comer a un restaurante especializado en pescado. Él quería discutir conmigo algunas de las propuestas que había seleccionado del «buzón de sugerencias». Lo bueno de Samuel era que, al contrario que su padre, estaba dispuesto a escuchar. No te miraba por encima del hombro y no se reía si decías algo tonto frente a su experiencia. Al revés, se lo tomaba todo muy en serio, hasta el comentario más insignificante. Me gustaba que se preocupase por la revista y por los contenidos que se ofrecían. Yo estaba convencida de que el problema no eran los temas, sino que el público al que se dirigían había empezado a interesarse por otras cosas. Un tiempo después, cuando me propuso que hiciese algunas pruebas para ver si podía participar de vez en cuando en alguna sección, me negué.

—Ni siquiera doy abasto respondiendo las cartas de las lectoras. Hay demasiadas. No puedo hacerme cargo de algo más, Samuel. Y menos ahora.

—Podemos contratar a alguien para que te ayude.

—¿Estás seguro? —pregunté un poco recelosa.

—Claro. Se ha corrido la voz de que tenemos en cuenta la opinión de las lectoras, entre otras cosas, y las ventas han ido mejor este último trimestre. No me quiero precipitar, pero creo que vamos por el buen camino. Todo se reduce a darle al cliente lo que quiere, ¿no es cierto? Y, mírate, ¿quién va a saberlo mejor que tú, Valentina? Eres justo el tipo de mujer que nos lee, ¿qué edad tienes?

—Treinta y uno.

—Lo que decía.

Suspiré y lo pensé.

—Tengo una buena amiga que estudió conmigo y a la que le encantó la idea de responder las cartas. Se llama Clara, es lista y aprende muy rápido.

—Perfecto. Pues no hay más que hablar.

Así fue como Clara empezó a formar parte de aquel proyecto. A menudo trabajábamos juntas. Venía a casa, preparábamos algo para almorzar y contestábamos cartas, algunas entre las dos cuando trataban de temas difíciles, en otras ocasiones nos centrábamos cada una en lo suyo y apenas hablábamos hasta terminar.

Era feliz. Y lo fui más cuando llegó Pablo.

Pablo, con sus manos regordetas y los ojos tan oscuros como los tuyos. Con esa cabeza llena de pelo y la risa que se le escapaba cada vez que su hermana le hacía carantoñas. Al que empezaste a llamar «colega» antes de que él supiese siquiera qué significaba esa palabra y al que le cambiaste casi más pañales que yo, que estaba hasta arriba de trabajo a pesar de la ayuda de Clara y que, aun así, no quería parar porque necesitaba demostrarme a mí misma que podía hacerlo. Pablo fue una pequeña estrella imprevista que llegó quizá en un momento en el que no lo esperábamos, pero que llenó la casa desde el primer día que lo trajimos del hospital y lo dejamos en la cuna, con sus bracitos agitándose como una langosta (o eso dijiste tú, haciéndome reír). Y después, apenas un minuto después, cerramos juntos otra constelación, esa llena de puntos maravillosos, porque los ochenta fueron así, maravillosos, con salpicaduras en la pared que guardaban el recuerdo de mi primer empleo, de aquel viaje a Madrid, de lánguidos días de playa en verano, de momentos cotidianos que nos habían abrazado y de nuestro Pablo.

Unos años más tarde, casi a finales de la década, compramos una pequeña casa en el campo. No era gran cosa. Tenía una parcela de terreno en la que tú empezaste a trabajar plantando árboles frutales, flores en las jardineras y algunas tomateras que Sofía solía mirar contigo embobada, siendo testigo de cómo crecían y maduraban; el día que recogisteis la cosecha (seis tomates) los dos estabais eufóricos. Hicisteis una ensalada y, cuando nos la comimos al mediodía, no dejabais de decir que el sabor de esos tomates era insuperable. Yo no noté nada diferente con respecto a los del mercado, pero asentí con la cabeza.

Me encantaba veros juntos, Gabriel.

En 1989, Pablo tenía ocho años, cuatro menos que su hermana, y te seguía a todas partes. Era tu sombra. Te miraba con admiración e intentaba repetir todo lo que tú decías o hacías. Tiempo después eso cambiaría y tendríais vuestros más y vuestros menos. Supongo que así es la vida, no siempre idílica, no siempre como la deseamos. Pero aquellos veranos fueron vuestros. Le enseñaste a montar en bicicleta, se te encogió el corazón ante su primera caída y lo ayudaste a escalar árboles cada vez que os escapabais por el monte, aunque sabías que a mí no me hacía ninguna gracia porque temía que se hiciese daño. Aprendió de ti lo más importante: a ser un hombre de palabra, a reconocer sus errores y a saber pedir perdón a pesar de lo testarudo y orgulloso que fue desde pequeño. En eso no se parecía a ti, que siempre te faltaba tiempo para decir «lo siento» cuando la fastidiabas, igual que a Sofía.

Con ella fue diferente, Gabriel. Ni peor ni mejor, sencillamente eso, diferente. Hay cosas que no podemos forzar, cosas que ocurren y ya está. Y fue así desde el principio, cuando la cogiste en brazos en la habitación del hospital y la miraste con los ojos llenos de lágrimas. Podíais entenderos sin hablar, teníais un lenguaje solo vuestro y reconozco que a veces me dolía, que a veces os envidiaba, hasta que acepté que no era algo malo no compartir las mismas cosas con nuestros hijos, porque cada relación es un mundo y se teje a lo largo de los años con tantos hilos que pretender que sean iguales es casi ridículo.

Pero qué especiales fueron aquellos años.

Ver cómo crecían, cómo se manchaban las manos en el barro y jugaban juntos antes de que le comprásemos a Pablo su primera videoconsola y prefiriese quedarse matando los monstruos de la televisión que de pequeño veía en su imaginación en medio del jardín. Reírnos cuando tú los mojabas con la manguera cada vez que pasaban cerca mientras regabas las plantas. Hacer conservas para el invierno. Tomarnos una Coca-Cola en la terraza durante las noches de verano en las que los grillos cantaban y la luna nos acompañaba. Esos polos de menta que ya no hay manera de encontrar. Discutir cuando no estábamos de acuerdo en algo y reconciliarnos después bajo las sábanas e intentando no hacer ruido. Avanzar junto a ellos, recorrer aquel camino juntos...

... separarnos en otros. Aprender a liberarnos.

Yo me impliqué cada vez más en el trabajo, porque me encantaba; por primera vez, me sentía completa de una forma que no podía explicar. Tú te relajaste. Cambiaste las clases en la universidad por un colegio público que estaba cerca de casa y adorabas a tus alumnos, pero, cuando terminabas la jornada, cerrabas esa puerta. Disfrutabas de nuestros hijos y te empezaste a interesar por la fotografía y por los aviones, que te fascinaban. Leías mucho. Leías tanto que, en algún momento, dejamos de hacerlo juntos. Cortamos ese lazo, uno que nos unió desde el principio y que sabíamos que tenía importancia, aunque no supimos dársela en aquel momento. El problema de esas cosas es que nunca ocurren en un instante concreto, sino de una forma paulatina y silenciosa; pasa desapercibida.

Durante esos años, nos enfrentamos a un golpe de Estado, cambiamos los discos de vinilo por los casetes de música, fuimos testigos del desastre nuclear de Chernóbil y de la caída del Muro de Berlín. Cuando la década llegaba a su fin, tú soplaste cuarenta velas un domingo acompañado por nuestros amigos y la familia: tu padre, Martínez con su mujer y sus hijos, Clara junto a su marido y el bebé que acababan de tener, y algunos compañeros del colegio en el que trabajabas, incluida Elena, esa profesora que siempre se mostraba muy interesada en ti. No quería darle importancia, pero, un día, al caer la noche, te lo comenté cuando nos metimos en la cama y cogiste un libro de la mesilla.

—Esa chica... —susurré—, creo que le gustas, Gabriel.

—¿Elena? —Vi que dudabas antes de suspirar y volver a dejar aquel ejemplar sin abrirlo. Me miraste. La luz de la lámpara iluminaba tu rostro revelando las primeras arrugas alrededor de los ojos y esas canas que te habían salido y que nunca quisiste disimular—. Puede ser. Pero fue hace mucho.

—¿Bromeas? ¿Qué es lo que no me has contado?

—Cuando llegó al colegio le preguntó a María si sabía si estaba casado o salía con alguien y ella me lo dijo después. No tiene importancia. Fue anecdótico.

—¡Lo sabía! ¡Es que lo sabía! —Me incorporé en la cama.

—¿No te gusta la idea de tener un marido irresistible?

—Muy gracioso —mascullé mientras me abrazabas.

—Vamos, no te enfades, cariño. Es una tontería.

—Ella es muy guapa —admití con un suspiro.

—¿Estás celosa? Venga ya.

—No me gusta cómo te mira.

—Valentina, después de tantos años ¿me vienes con estas...? —Te echaste a reír y yo me zafé de entre tus brazos, porque no entendía qué te hacía tanta gracia y aquello me había pillado por sorpresa—. Ven aquí. —Te tumbaste sobre mí sujetándome las manos por encima de la cabeza mientras seguías sonriendo como el perfecto idiota que eras—. ¿Sabes que te estás comportando como una niña de quince años?

—No es justo. Deberías habérmelo contado.

—Acabo de hacerlo. Ni siquiera me acordaba.

Respiré hondo y luego cerré los ojos cuando tus labios me rozaron el cuello. Susurraste mi nombre. Susurraste que, si alguna vez volvía a dudar, mirase las constelaciones que habías dibujado en nuestra pared, todas las estrellas que nos habían marcado, unido y fortalecido; las que habíamos cerrado hasta dejar atrás y las que aún estaban abiertas y casi presentes. Nosotros. Siempre nosotros.

Aquellos complicados noventa

24

—¿Por qué siempre tengo que ser yo la que ponga las normas? No me mires así, Gabriel. Solo tiene catorce años y es invierno, anochece pronto, no puede salir hasta las tantas.

—Las diez de la noche no es «hasta las tantas».

—No, pero más tarde de lo que debería.

—La sesión del cine termina a esa hora.

—Entonces tendrías que haberle dicho que no puede ir al cine.

Suspiraste poniendo los ojos en blanco, y eso me cabreó aún más. No era la primera vez que teníamos aquella discusión. Tú solías ceder fácil con Sofía, decías que «confiabas plenamente en ella», y no es que yo no lo hiciese, pero tan solo era una niña. Y de quien no me fiaba era de los demás: desconocidos que pudiesen hacerle algo o malas compañías con las que se juntase en algún momento. Tenía miedo, Gabriel. Empecé a tenerlo en cuanto ella creció y dejó de necesitarnos tanto. Lloré como una idiota el día que le bajó la regla, y también ese otro en el que nos anunció que se iría de viaje de fin de curso con el colegio. Ahora que ha pasado el tiempo, admito que quizá me equivoqué, pero en ese momento no supe hacerlo de otra manera, porque era un sentimiento visceral, uno que me oprimía y no me dejaba respirar ni ver más allá de lo que me preocupaba.

—Está bien, iré a recogerla a la puerta del cine, ¿te vale eso?

—Sí, pero también me vale que la próxima vez seas tú el que le diga que no a algo. Porque siempre soy yo, Gabriel, siempre tengo que poner límites y quedar como la mala.

—Estás exagerando. Estás... haciendo eso otra vez.

—¿Haciendo el qué?

—Da igual. Déjalo.

—Qué fácil es así.

—No quiero discutir.

Pasaste por mi lado sin rozarme, cogiste el paquete de tabaco y te marchaste de casa. Yo me quedé en la cocina, pensando..., pensando... en esa tontería. En que no me habías ni rozado. Puede parecer poca cosa, pero me di cuenta de que hacía tiempo que no lo hacías. No lo hacíamos, en plural. Y no en momentos como aquel, cuando nos enfadábamos, sino a diario. Porque años atrás buscabas cualquier excusa para tocarme, la que fuese. Podíamos estar de mal humor, incluso, pero tú encontrabas la manera de que nuestros cuerpos chocasen o surgiese un enredo de miradas. Y en esencia esos pequeños gestos no eran solo una conexión que manteníamos en la adversidad, sino una manera de decirme: «estoy enfadado ahora mismo, pero sigo necesitando tenerte cerca». Una prueba fehaciente de que después de la tormenta siempre saldría de nuevo el arcoíris.

No sé en qué momento dejamos de buscar esa certeza.

No estábamos pasando una buena época, ni juntos ni por separado. Siempre tenía mucho trabajo que hacer y, en cierto modo, nunca terminaba; no tenía un horario como tú, que salías a las cinco cada día y, además, eras de los que aprovechaban las horas de tutoría libres para corregir exámenes y no traértelos a casa. Yo, en cambio, paraba cuando decidía que había llegado el momento de hacerlo y, últimamente, no sabía dónde poner el límite, porque quería abarcar más, y cada hora extra, cada hora que les quitaba a otras cosas, sumaba. A veces los niños zumbaban a mi alrededor y yo apenas les prestaba atención porque estaba enfrascada en alguna tarea. En ocasiones, los fines de semana, cuando íbamos al campo, me quedaba trabajando en la terraza para adelantar un poco más y os escuchaba jugar tirándoos agua con la manguera o haciendo cualquier trastada.

Cada vez que pensaba que nos estábamos alejando, me decía que «éramos nosotros», todas las letras. «Nosotros». Estaríamos bien. Estábamos bien.

25

—¿Quién entiende a los hombres? —Clara se encendió un cigarrillo y negó con la cabeza antes de tirar el humo—. A veces tengo la sensación de que vivo sola, ¿sabes? Cuando nos conocimos no era así. No llegaba a casa a las tantas oliendo a cerveza. El fútbol. El problema es el fútbol, Valentina. Deberían prohibirlo.

Su risa me sonó triste, gris. Estábamos tomando algo en una conocida cafetería decorada con un estilo barroco. Clara estaba ojerosa y vestía una especie de túnica larga marrón, cuando ella siempre se había caracterizado por usar faldas cortas y llamativas.

—Supongo que sí... —contesté distraída mientras le quitaba el envoltorio a la pequeña chocolatina que me habían servido junto al café.

—Bueno, olvidaba que tú tienes a Gabriel.

—¿Qué quieres decir con eso?

—Ya sabes. Que es perfecto.

En cualquier otro momento me hubiese enorgullecido, pero entonces me molestó. Quizá porque vivíamos en la misma casa, pero cada vez esa calidez del hogar que antes se adhería a las paredes parecía estar enfriándose lentamente. Quizá porque sabía que tenías defectos, como todo el mundo, que eras humano, que te equivocabas. Quizá porque me dolía que algo hubiese cambiado entre nosotros, aunque ni siquiera supiese expresarlo de otro modo que no fuese el enfado. Quizá porque habían pasado meses desde la última vez que hicimos el amor y no entendía por qué. Ahora sé que tú tampoco.

En ocasiones, estamos tan centrados en el día a día, avanzando, que somos incapaces de tomar aire, frenar e intentar descubrir qué está ocurriendo. Puede que estuviésemos atravesando una mala época. O que nos hubiésemos desviado y no recordásemos cómo era alargar la mano para tirar del otro. Dos personas perdidas en el bosque tienen más posibilidades de sobrevivir si se mantienen juntas, así pues, ¿por qué nosotros nos estábamos alejando cada vez más? ¿Y por qué no hacíamos nada por intentar dar un paso tras otro para acercarnos si ambos éramos conscientes de ello? Ay, el orgullo. Y la rutina. Las responsabilidades. Y esos pequeños defectos del otro que nos sacaban de quicio: ¿tan difícil te resultaba lavar la pila del cuarto de baño después de afeitarte?, ¿por qué nunca me apoyabas cuando castigaba a nuestros hijos y eras incapaz de ponerles límites?, ¿por qué tenías que darle un maldito tirón a las sábanas cuando te girabas en la cama y yo terminaba luchando cada noche para no morirme de frío?, ¿y esa manía tuya de comentar *Twin Peaks* mientras la veíamos en lugar de dejarme escuchar lo que decían...?

—Gabriel no es perfecto. Te equivocas.

Ella frunció el ceño y me miró con atención.

—¿Te ocurre algo? Llevas unos meses muy rara, casi esquiva, y en cuanto a lo de Gabriel, creo que me has entendido mal. Tendrá sus cosas, como todos, pero no te deja tirada cada día para irse a saber dónde. O con quién.

Tenía razón. Por supuesto que la tenía. De repente todas mis quejas me parecieron vacías y superficiales en comparación. Me aclaré la garganta.

—Clara, perdona, yo no pretendía...

—Quiero pedir el divorcio —me cortó.

—Lo siento mucho. No imaginaba que estabais tan mal... —Sentía una opresión en el pecho—. Dime qué necesitas. No te preocupes por el trabajo, puedo organizarme sola y ya hablaré con Samuel si veo que se me va de las manos.

—Aún no se lo he dicho, pero he buscado un abogado.

—Admiro tu valentía. Haces bien si no eres feliz.

—Eso espero. No negaré que tengo miedo. Mi madre puso el grito en el cielo cuando se lo dije hace unos días, pero no quiero pasar el resto de mi vida con él...

Alargué una mano sobre la mesa para posarla encima de la suya, que temblaba. Visto ahora puede parecer poca cosa, pero a principios de los noventa no era tan común divorciarse como empezó a serlo tiempo después, a pesar de legalizarse en 1981. Adolfo Suárez se había enfrentado años atrás a la Iglesia católica para promover la Ley de Divorcio y no fue sencillo por culpa del rechazo de los más conservadores. El ministro de Justicia que impulsó la ley dijo: «No podemos impedir que los matrimonios se rompan, pero sí podemos impedir el sufrimiento de los matrimonios rotos».

Desde entonces, le había dejado caer el tema a mi madre un par de veces, pero ella no quería ni escucharme. Aunque era su decisión, no podía dejar de compadecerme. Era una buena mujer y tuvo una vida desdichada y triste. Intenté ayudarla en varias ocasiones, le dije que, si decidía dar el paso y abandonar a mi padre, podía quedarse con nosotros en casa el tiempo que necesitase para reponerse, pero a veces algunos corazones están tan dañados que ya no saben cómo latir a otro ritmo diferente del que un día les impusieron.

Cuando mis padres se hicieron mayores, regresaron al pueblo donde me había criado, así que perdí aún más el contacto con ellos. Iba a verlos alguna vez, sobre todo para que ella pudiese estar con sus nietos. Y nos llamábamos cada domingo, pero no teníamos mucho que decirnos, más allá de preguntar cómo estábamos, si todo iba bien, las notas de los niños en el colegio y algún cotilleo del campo que mi madre me contaba con voz susurrante, como si fuesen a escucharla a través de las paredes.

No hubo ningún cambio. No hubo ningún milagro.

—Todo saldrá bien, ya lo verás —le aseguré.

Estuvimos hablando un poco más antes de despedirnos en la puerta de la cafetería hasta el lunes siguiente. Era viernes, el día que Aurelio iba siempre a recoger a Sofía y a Pablo para pasar la tarde con ellos e invitarlos a comer churros con chocolate en Santa Catalina. Me acerqué hacia allí caminando a paso rápido, pensativa. Y cuando dejé atrás el Mercado Central me asaltó como un fogonazo el recuerdo de aquel día tan lejano en el que tú me acompañaste hasta la puerta y me pediste una cita. Luego, lo dejé atrás.

Tu padre sonrió al verme entrar por la puerta. Tenía una sonrisa maravillosamente cálida, de esas que se te cuelan bajo la piel. Le di un abrazo antes de besar a Sofía y apartarle el pelo de la cara mientras Pablo me contaba que aquel día había metido tres goles en el colegio durante el recreo, siendo el mejor de la clasificación.

—¡Qué bien! Ven, deja que te limpie el chocolate.

—Es un pequeño cerdito —se burló Sofía.

—¡Me ha llamado cerdo! —gritó Pablo indignado.

—«Cerdito» —aclaré—, y seguro que lo ha dicho con cariño.

—Al menos yo no tengo la cara llena de granos como ella.

Sofía abrió la boca indignada y yo intenté calmar la situación, aunque sin demasiado éxito. Discutían a todas horas. Esa era otra de las cosas que me volvían loca por aquel entonces. Tenía la sensación de que nunca estaba «todo bien»; cuando no éramos nosotros, eran ellos, juntos o por separado, a menudo Sofía se rebelaba o Pablo tenía una de sus pataletas. Los cuatro años que se llevaban parecían percibirse más que nunca, como si viviesen en dos planetas distintos y fuesen incapaces de comunicarse.

—Te he comprado galletas de canela, mi preciosa Valentina. —Aurelio se puso el sombrero y me guiñó un ojo—. Te las doy si subes a casa y las encuentras.

Aquel era el juego, desde siempre. Me pregunté dónde habría guardado en esa ocasión la cajita de latón donde estaban las galletas; casi siempre estaban en el salón. Era una tradición que no tenía sentido a ojos de los demás, pero que se forjó desde que puse un pie en su casa más de veinte años atrás y él me recibió como si fuese su hija. Y me encantaba. Me encantaba, pero, a pesar de eso, aquel día le contesté:

—¿Quizá el próximo día? Se me ha hecho un poco tarde.

—Siempre con prisas, Valentina. —Sacudió la cabeza.

Tenía mucha razón. Quería hacer tantas cosas que a veces no llegaba a todo. Quería trabajar más, quería ser una madre ideal, quería quedar con mis amigas para tomar café o salir una tarde, quería embarcarme en algún proyecto mío y personal, aunque ni siquiera sabía sobre qué. Y quería... quería saber qué estaba fallando entre nosotros, qué nos estaba ocurriendo, qué tenía que hacer para que todo volviese a ser como era antes.

Te miré cuando llegamos a casa. Estabas sentado en el sofá y leías una novela con gesto ausente. Quise acercarme a ti, Gabriel. Deseé deslizarme como antaño en tu regazo para leer algunas líneas contigo, como siempre hacíamos años atrás. Pero no pude. Era como si hubiese una pared entre nosotros que antes no existía y que me impedía llegar hasta ti. No era tu culpa. Quizá tampoco la mía. Creo que fue aquella etapa, el poco espacio que quedó para nosotros en medio de la rutina, pequeños rencores y enfados por cosas tan tontas que ya no las recuerdo. El peso de los meses anclados en aquel hastío nublado que terminaron quedando atrás en el calendario imparable de la vida.

26

No conseguía conciliar el sueño. Sofía estaba celebrando su decimosexto cumpleaños y le habíamos dejado que se quedase a dormir en casa de una de sus mejores amigas. Era una noche fresca, aunque ya casi estábamos dejando atrás la primavera, y de repente un recuerdo lejano me sacudió con fuerza. Me giré en la cama, boca arriba, y suspiré hondo. Escuché tu voz ronca:

—¿No puedes dormir?

—No. ¿Tú tampoco?

Negaste con la cabeza mientras imitabas mi postura. Nos quedamos allí, los dos con la mirada clavada en el techo. Oía tu respiración, siempre tan pausada, tan serena. El recuerdo que instantes antes se había abierto paso en la oscuridad de la noche era maravilloso y formaba parte de una constelación que habíamos cerrado hacía tiempo. Por eso me sorprendió que de pronto empezase a resultarme punzante, casi doloroso.

—¿En qué estás pensando? —preguntaste.

—Te sorprendería saberlo. Es una tontería.

—¿Quieres contármelo?

Me lamí los labios resecos.

—Pensaba en ti, en mí y en aquella noche que pasamos en Madrid. Parece que hace una eternidad de aquello, cuando cenamos en ese sitio y luego bailamos y volvimos al hotel riéndonos. Parece... —Se me quebró la voz—. Parece que ocurrió casi en otra vida.

El silencio nos acompañó unos instantes.

—Fue una gran noche —susurraste.

—Me duele. —Ahogué un sollozo.

—Valentina, cariño...

Nos encontramos en medio de la oscuridad. Noté tus manos en las mejillas, el tacto de tus dedos mientras me limpiabas las lágrimas y respirabas contra mi piel, cerca, más cerca de lo que habíamos estado en mucho tiempo, aunque solo fuese algo físico. Me consoló. Una tirita frágil sobre una herida en carne viva.

—No sé qué nos está pasando...

—Yo tampoco —dijiste, y las palabras fueron un golpe inesperado, porque siempre parecías tener la solución a todo en el fondo de algún bolsillo y tirabas de los dos hacia la superficie cuando nos sumergíamos en el océano profundo sin darnos cuenta. Yo era más egoísta, más mía. Tú eras una ventana abierta dispuesto a recibir la luz, pero ese día comprendí que hacía mucho tiempo que habías echado el pestillo y ni siquiera me había dado cuenta hasta entonces. Ya era tarde. Se había atascado.

—Quiero volver a aquella noche y que seamos esas personas. No lo entiendo. No sé qué nos ha ocurrido durante estos últimos años, pero empiezan a pesar...

Se suponía que tú tenías que decir algo, Gabriel. En ese momento era cuando llegaban las palabras mágicas. Un «todo está bien», o algo como «lo superaremos juntos», «esto es un pequeño bache, Valentina». Pero no hubo nada. Solo tus manos en mi cuerpo desnudándome. Y luego tus labios cubriendo mi boca con desesperación y rabia. Como si no encontrases lo que estabas buscando, aunque te hundieses en mí con fuerza una y otra vez. Nos estábamos tocando, sí. Y nos regalamos placer. Pero lo hicimos de una manera diferente, con un plástico invisible e impermeable entre tu piel y la mía.

27

Hubo una serie de cambios en la revista, así que durante unos meses tuve que viajar más a menudo a Madrid para acudir a reuniones y ponerme al día. Dejé de encargarme de responder las cartas de las lectoras y me ocupé de administrar la parte más enfocada a la publicidad: elegía qué marcas podían interesar a las lectoras, seleccionaba las colaboraciones porque en ocasiones se organizaban actos en la capital y trataba con las agencias.

Pasar más tiempo fuera de casa no ayudó a que nos encontrásemos. Un día cualquiera tú comentaste que deberíamos poner en venta la casa de campo, porque apenas íbamos. Ni siquiera te estaba prestando atención cuando te contesté que me parecía bien.

Sofía estaba en plena adolescencia, rebelde.

Pablo seguía siendo testarudo y difícil.

Tú y yo dejamos hasta de discutir.

28

Un día, mientras hacía la cama, alcé la vista hacia nuestra pared llena de constelaciones y contuve el aliento al darme cuenta del tiempo que hacía que no dibujabas ninguna estrella nueva, como si nuestra historia juntos se hubiese congelado en el pasado. Todos esos recuerdos parecían mirarme. Me pregunté si ya no habría más. Y tuve miedo. Un dolor lacerante e inexplicable me atravesó y la sábana resbaló de mis manos antes de salir de la habitación como si fuese posible huir de una misma y de la realidad.

29

Las tormentas de verano son imprevisibles y estallan de repente cuando minutos atrás el cielo estaba cubierto de apacibles nubes algodonosas. Y entonces ocurre. Todo se oscurece, algo se rompe allí arriba y la lluvia cae con fuerza como si llevase demasiado tiempo contenida. Porque esa es una palabra terrible, «contención»: sentimientos, pasiones o impulsos refrenados. El problema es que, aunque no los dejemos salir, siguen ahí. Y se enquistan bajo la piel. Si permites que ocurra libremente pueden llegar a alcanzar órganos vitales: el corazón, un riñón, el hígado..., y entonces ya no hay nada que hacer.

El tren me dejó en la Estación del Norte de Valencia a las cinco de la tarde, dos horas antes de lo previsto. Llegué a casa y encontré una nota de Sofía en la que decía que se había ido a los recreativos que había dos calles más allá con unas amigas. Suspiré y dejé la maleta a medio deshacer porque estaba agotada y porque de repente caí en la cuenta de que a esas horas tú ya deberías estar en casa.

Llamé al teléfono de la sala de profesores.

Otro día quizá no lo hubiese hecho, pero en ese momento tuve un impulso, un pálpito. Lo cogió Héctor, un compañero tuyo que se había convertido en amigo años atrás. Me dijo que no te tocaba quedarte para las horas de refuerzo y que te habías ido al acabar. Estaba intranquila. Me prepararé un té y esperé en el comedor hasta que llegaste.

Parecías normal. Parecía una tarde más.

Era viernes y Pablo estaba con su abuelo.

—Has llegado antes. —Te inclinaste y me diste un beso casto en los labios. Seguíamos haciéndolo, pero más por costumbre que por otra cosa.

—Y tú más tarde —contesté mirando el reloj.

—He estado tomando algo con Héctor.

El mundo se paró entonces. Lo sentí así, como si dejase de girar y tú y yo estuviésemos congelados cada uno en un extremo opuesto. Norte y sur. Este y oeste. Muy muy lejos. Una distancia tan abismal que empecé a marearme y a verte borroso. Tenía un nudo en la garganta. No sé qué fue lo que hizo que te dieses cuenta de que me pasaba algo, porque no moví ni un solo músculo. Seguía sentada delante de la mesa de nuestro salón, con las manos cerca del té que se estaba enfriando.

—Acabo de hablar con Héctor.

Te miré. Tú no apartaste la vista.

Y entonces tus ojos se inundaron de algo oscuro. ¿Temor?, ¿culpa?, ¿angustia? No estaba preparada para saberlo. No lo estaba, aunque necesitaba hacerlo. Tenía tanto miedo que me quedé sin aire, como si mis pulmones se encogiesen sobre sí mismos, asustados.

—Valentina...

—No sé si quiero oírlo.

Me levanté, incapaz de mirarte ni un segundo más, y fui hacia el dormitorio. No fue una buena idea. Allí me habías desnudado por primera vez, y habías dibujado nuestras constelaciones, y había sido un lugar de encuentro y charlas susurradas al caer la noche y una intimidad que pensaba que sería indestructible.

Tú me seguiste y cerraste la puerta.

—Espera, Valentina. Escúchame.

—No sé si «puedo» —gemí en voz baja.

—No es lo que piensas. Te juro que no...

—¿Qué has hecho, Gabriel? —grité temblando.

—Estaba con Elena. Pero no ha ocurrido nada.

Nunca había sentido un dolor tan abrumador y tan adentro, enredado entre los huesos. Jamás imaginé que nosotros seríamos de esa clase de parejas que terminarían así, engañándose y haciéndose daño. Después de todo lo que habíamos construido... Después del largo camino que habíamos recorrido juntos cogidos de la mano...

Me sujetaste del codo y me alzaste la barbilla.

Pero es que no quería mirarte, Gabriel. No quería.

Tú dejaste escapar el aire que estabas conteniendo cuando me zafé y me alejé de ti para abrir la ventana. Me quedé allí respirando a duras penas mientras la gente en la calle seguía su curso y los pájaros se posaban en los cables que atravesaban los postes telefónicos y el cielo azul se burlaba de mi dolor. Me estremecí al notar tus brazos abrazándome, tu boca en mi nuca, tu pecho contra mi espalda, sosteniéndome. Se me escapó un sollozo.

—Te quiero, Valentina. Te quiero más que a mi vida, pese a todo, siempre. Pero no puedo más y necesitaba hablar con alguien..., necesitaba sentir que alguien me escuchaba, y cuando me has preguntado dónde había estado pensé que si te lo decía empeoraría aún más las cosas. Y te juro que no podía soportarlo, porque no lo entiendo, no te entiendo...

Me giré, llorando tanto que apenas te veía.

—¡Pero me has mentido! Acabas de hacerlo.

—Solo hemos ido a tomar algo y a hablar.

—¿Y qué es eso tan importante que teníais que hablar?

—Te lo acabo de decir. ¿Ves como no me escuchas? Joder, solo necesitaba... desahogarme. Compartir con alguien esto que nos está ocurriendo, esto que...

—¿De verdad le cuentas nuestros problemas matrimoniales?

—Al menos con ella puedo hablarlos.

Ahí fuiste directo a poner el dedo en la herida. Apretaste sin pensar en el daño que me harían tus palabras. Un efecto colateral cuando dos personas se pierden: que ya no importa lanzar chuchillos a diestro y siniestro sin pensar en los sentimientos del otro.

—¿Cómo te atreves? ¿Cómo has podido...?

—Lo siento, Valentina, no quería...

Y te callaste. Quizá lo hiciste porque tu disculpa no era sincera y en realidad sí pretendías lastimarme. Te llevaste las manos a la cabeza para revolverte el pelo, inquieto.

—¡Eso ha sido un golpe bajo! —grité.

—¡Ni siquiera podemos mantener una conversación normal!

—¿Sobre qué, si puede saberse? ¿Sobre cómo pasas el rato con otra mientras yo vuelvo de trabajar después de estar dos días fuera? ¿Te has parado a pensarlo siquiera?

—¿Es mi culpa que ahora todo se reduzca a tu trabajo?

—¡¿Me estás echando eso en cara!? —Estaba histérica.

Habíamos ido subiendo el tono de voz. Habíamos empezado a hablar a la vez. Habíamos permitido que saliese la rabia contenida. Y habíamos dejado de oírnos entre los gritos, los reproches, las miradas afiladas, los resoplidos y los aspavientos llenos de desdén.

—¿Bromeas? Te he apoyado siempre, joder. Siempre.

—¿Entonces cuál es el problema? ¿Qué ocurre?

Si hubiese existido una cámara de fotografías para capturar el alma de los humanos más allá de la piel y los huesos y los músculos, se podrían haber visto nuestros corazones quebradizos y llenos de fisuras justo antes de romperse del todo por la mitad. Pero, como no era así, la imagen que proyectábamos era la de un hombre y una mujer llenos de dolor, contemplándose el uno al otro como dos desconocidos en medio de su propio dormitorio.

—¡El problema es que no estás, Valentina, nunca estás! Me siento solo, ¿vale? Me siento como si estuvieses en la otra punta del mundo incluso cuando te tengo delante...

—¿Y te has parado a pensar que quizá me sienta igual?

—Valentina... —Te llevaste una mano al pecho y me pareció un gesto tan simbólico que me temblaron las piernas, porque a mí también me dolía ahí, justo ahí.

Nos quedamos callados unos instantes mirándonos.

—Quizá hoy uno de los dos debería dormir en el sofá.

—Pero los chicos... —susurraste.

—Ya son mayores, Gabriel.

30

El sábado tú llevaste a Pablo a un partido de fútbol del colegio y yo aproveché esa mañana para pasar un rato a solas con Sofía. Fuimos de tiendas por la calle Colón y, tras una buena caminata, acabamos en una de nuestras cafeterías preferidas del centro. Siempre pedíamos lo mismo: dos batidos enormes de fresa; los servían con nata y trocitos de fruta.

Estuvimos charlando sobre sus estudios y los planes del próximo verano. Después, como Sofía nunca había sido de andarse por las ramas, me preguntó:

—¿Qué está pasando con papá?

—Nada que deba preocuparos, cariño.

—¿Os vais a divorciar? —Me miró seria.

Creo que hasta ese momento ni siquiera se me había pasado por la cabeza la idea de divorciarme de ti. Pese a la mala racha que estábamos viviendo y la desidia que arrastrábamos, nunca valoré esa posibilidad. Quizá porque el mero hecho de que imaginarme firmando los papeles y nuestra casa sin ti era como recibir un golpe en el estómago.

Yo te quería. Siempre te he querido.

Incluso en los peores momentos.

—No, Sofía, claro que no.

—¿Por qué estáis enfadados?

—Es difícil de explicar... —Removí el batido incómoda, porque no sabía cómo hablarle de aquello a nuestra hija. Ya no podía tratarla como a una niña. Pero tampoco como a una adulta—. No hay... no hay una razón concreta por la que estemos enfadados...

—No lo entiendo —contestó.

Lo más curioso de todo era que yo tampoco lo entendía, pero no se lo dije porque sonaba ridículo. ¿Cuál era el problema?, ¿qué era lo que tanto nos molestaba del otro?, ¿en qué instante dejamos de ser un equipo y nos convertimos en rivales? No podía recordarlo. Por más que me esforzaba, no me venía a la cabeza un hecho concreto, algo que marcase un antes y un después. Comprendí que no se trataba de qué hubieses hecho tú o qué hubiese hecho yo, sino, más bien, de qué no habíamos hecho. Fue como una especie de revelación. No nos habíamos mimado, escuchado, dedicado tiempo, apoyado...

—Es como un estado de ánimo.

Fue lo mejor que se me ocurrió.

—Ya. Pero papá te quiere.

—Lo sé, y yo también a él.

—Echo de menos cuando estabais bien y os veía leer juntos o cuando él te acompañaba a alguno de tus viajes de trabajo —dijo en voz baja, casi en un susurro, sin ser consciente de que esas palabras se me iban a clavar en la piel como astillas.

Porque nuestra hija tenía razón, Gabriel. Pese a todo, nos queríamos. Así pues, ¿qué estábamos haciendo? Nos habíamos abandonado y ahora éramos los restos de un naufragio. Me habías mentido. Y era cierto: yo había dejado de escucharte.

Aquel sábado por la noche, mientras aún masticaba las palabras de Sofía, tú apareciste en la cocina para preguntarme si necesitaba ayuda. Cualquier otro día te hubiese dicho que no tan solo porque me resultaba más cómodo estar sola, pero, en cambio, asentí y te pedí que pelases las patatas mientras yo terminaba de preparar el aliño para el pescado.

Hicimos la cena juntos, codo con codo.

No hablamos, pero el momento no fue incómodo, sino sencillo y rutinario. Casi reconfortante. Dentro de aquella cocina, con el aroma de la cena flotando en el aire, volví a sentirme un poco más cerca de ti. Cuando me quitaste la cuchara para probar la salsa, nuestros dedos se rozaron y ninguno de los dos se apartó. Quizá parezca ridículo, pero aquel gesto pequeño me agitó el corazón. Y hacía tanto que no latía por ti de esa manera...

31

Parecía una tarde cualquiera, pero marcó un antes y un después.

Las cosas estaban un poco mejor, aunque seguían rotas. No es tan fácil dejar algo a la intemperie durante años y luego regresar y buscar los pedazos para ir uniéndolos. Y tú y yo, Gabriel, nos habíamos abandonado demasiado tiempo. No habíamos sabido frenar y buscarnos. Así que ahora teníamos que esforzarnos y trabajar para reconstruirnos.

Pensaba en eso mientras ayudaba a Pablo con los deberes en la mesa del salón, porque había suspendido un par de asignaturas aquel último trimestre y me preocupaba.

Escuché el tintineo de las llaves. El clac de la cerradura.

Me levanté mientras tu hijo terminaba un ejercicio. Avancé por el pasillo hasta el recibidor, preguntándome por qué no entrabas y saludabas, como siempre. Y entonces te vi: tenías los ojos irritados, el rostro contraído de dolor y una mano apoyada en la puerta que acababas de cerrar. Y supe que había pasado algo.

—Gabriel... —Me acerqué hacia ti.

—Mi padre ha muerto... Mi padre...

Me quedé sin respiración. Te abracé. Nos abrazamos tan fuerte que, durante aquellos segundos, fuimos un solo corazón latiendo a la vez, sufriendo juntos. Pero después..., después dejé de centrarme en mi dolor, en todo lo que Aurelio era para mí, porque solo podía pensar en ti. Ojalá hubiese podido aliviar tu sufrimiento. Me destrozaba saber por lo que estabas pasando en ese momento y no poder hacer nada para evitarlo.

Te aferraste a mí, derrumbándote. Me contaste que se había caído en el taller desde una escalera y se había dado un golpe en la cabeza. Murió en el acto. Unos clientes lo encontraron cuando entraron y avisaron a una ambulancia y a la policía. Tú acudiste en cuanto te llamaron y te volviste loco al enterarte, al llegar, de que ya no se podía hacer nada.

Te besé las mejillas llevándome tus lágrimas.

—Papá, ¿qué está ocurriendo?

Pablo nos miró desde el pasillo.

Te sujeté el rostro antes de que intentases hacerte el fuerte, como siempre, tragándote el dolor. En ese momento, mientras miraba tus ojos húmedos y tristes, me di cuenta de que seguías siendo tú. Seguías siendo el chico que pintaba constelaciones. Seguías siendo el gran amor de mi vida. Seguías siendo el mejor hombre que había conocido jamás, con tus virtudes y tus defectos. Seguías siendo la única persona, además de nuestros hijos, por la que sería capaz de hacer cualquier cosa. ¿Sabes esa idea tan visceral que es algo así como «ojalá pudiese cambiarme por ti»? A mí me azotó en ese momento. Deseé pasar aquel trance por ti, impedir tu sufrimiento. Si eso no era amor, ¿qué lo era?

—Yo hablaré con él, no te preocupes.

—Mamá... —la voz de Pablo sonaba asustada.

—Gabriel, vete al baño y date una ducha de agua caliente.

Asentiste medio ido y, cuando vi que cerrabas la puerta, abracé a Pablo y le di un beso en la frente antes de caminar junto a él al salón. No tenía ni idea de cómo decírselo, pero necesitaba hacerme cargo de la situación y quitarte a ti aquel peso de encima. Me senté frente a él en el sillón e intenté explicárselo despacio, con dulzura. A pesar de que ya tenía doce años, creo que le costó entenderlo. Al principio se quedó en silencio mirándome sin reaccionar durante tanto rato que me inquietó, hasta que de repente se lanzó a mis brazos y se echó a llorar. Mi pequeño. Con lo mucho que quería a su abuelo...

Con Sofía fue aún más difícil. Sofía quiso estar sola. Sofía se encerró en su habitación y, cuando entré preocupada a la hora de la cena, incapaz de dejarle más espacio por mucho que nos lo pidiese, vi que ya se había dormido. Tenía entre los brazos el peluche de oso que tu padre le había regalado las Navidades anteriores, algo que a todos nos hizo gracia porque era demasiado mayor para aquello, cosa con la que Aurelio, por supuesto, no estaba de acuerdo. Solía decir que Peter Pan era su filósofo preferido.

Preparé la cena, aunque tan solo revolvimos un poco el plato con la televisión apagada y sumidos en un silencio melancólico. Me había encargado de hacer algunas llamadas para arreglar todo lo necesario. El funeral sería al día siguiente por la tarde.

Esa noche, en la cama, nos abrazamos.

—No me sueltes ahora... —susurraste.

—Nunca, Gabriel. Tú a mí tampoco.

—Eso es imposible —dijiste contra mi pelo—. Te llevo dentro de mí. Cuando lo he visto hoy..., al ver cómo se llevaban a mi padre..., solo podía pensar en ti. Necesitaba abrazarte. Necesitaba llegar a casa porque me sentía solo y pensaba... que me iba a caer.

—No, siempre te sostendré.

—Te he echado de menos...

—Y yo también a ti, Gabriel.

Al despertar, seguíamos abrazados.

No dijimos nada mientras nos levantábamos. Preparé el desayuno, pero dejé que los chicos durmiesen más aquel día, ya que no iban a ir al colegio. Nos tomamos juntos el café de la mañana e insistí para que te comieses una tostada, porque no habías probado bocado desde el día anterior al mediodía. Tú aceptaste a regañadientes.

Los del seguro llamaron al timbre de casa poco más tarde y los invitamos a pasar al salón para reunirnos con ellos. Te pedí que me dejases encargarme del papeleo, pero no quisiste. Supongo que también necesitabas mantenerte ocupado. Así que lo hicimos entre los dos y, después, con los niños aún cabizbajos y casi sin hablar, nos arreglamos y nos marchamos al funeral.

Fue rápido. Acudieron algunos vecinos y amigos de tu padre. También Martínez, que estaba destrozado por la noticia y que no se separó de tu lado. Lo enterraron junto a tu madre porque era lo que él siempre había deseado. Mientras nos despediamos, el cielo pálido de aquel día dio paso al atardecer y se llenó de franjas anaranjadas. Lo único en lo que podía pensar era en lo mucho que iba a echar de menos las comidas de los domingos, la búsqueda de mis galletas de canela, las partidas al dominó, sus maravillosos sombreros y ver cómo se iluminaba aquel rostro apergaminado cuando sus nietos lo abrazaban.

Volvimos a casa tan solo acompañados por el ronroneo del motor del coche. Cenamos un vaso de leche con un trozo de bizcocho. El silencio era espeso y penetrante. Tuve la sensación de que aquel día había durado una semana. Es curioso cómo cambia la percepción del tiempo y lo diferente que resulta en los buenos y en los malos momentos. Casi parece fantasioso. Seguía dándole vueltas a eso cuando nos metimos en la cama.

Dejé la luz de la mesilla encendida y te miré.

Estábamos los dos sentados con la espalda recostada en el cabecero, bajo nuestra pared llena de constelaciones. Tu voz ronca y agrietada lo llenó todo.

—Lo quería muchísimo...

—Ya lo sé, Gabriel.

—No me lo esperaba.

Quería abrazarte hasta que todo el dolor desapareciese. Pero, como sabía que aquello no ocurriría, me levanté, busqué en el cajón de la cómoda y te tendí el rotulador que habías usado para las últimas estrellas. Sonreíste. Fue una sonrisa triste, que no te llegó a los ojos, pero lo cogiste y te pusiste en pie sobre la cama. Alargaste el brazo. Dejaste allí aquel recuerdo. Y después uniste los puntos sueltos que había y cerraste otra constelación.

Me incliné para coger el libro que tenías en la mesita mientras tú te metías de nuevo en la cama. Lo abrí por la página que habías señalado y tomé aire antes de mirarte de reojo.

—¿Puedo leerte? —pregunté en un susurro.

Asentiste, mirándome tan intensamente...

Empecé a leer suave, sin alzar mucho la voz. Era una novela de Dickens que tú solías releer a menudo. No sé cuánto tiempo estuve leyendo, pero sí sé que las palabras parecían encadenarse unas con otras, calmándonos como si fuesen un bálsamo natural. Noté que te relajabas a mi lado, con los ojos tristes y la respiración más rítmica.

Al menos hasta que la puerta se abrió y Sofía y Pablo entraron y se metieron en nuestra cama como cuando eran pequeños. Ella se acurrucó contra tu pecho y tú soltaste el aire que contenías al sentir su abrazo. Pablo se quedó algo más alejado, quizá porque siempre le ha costado más abrirse y dejar fluir las emociones.

—Deberíais estar durmiendo ya —les dijiste.

—Yo no puedo, no dejo de pensar en el abuelo.

—Yo tampoco... —añadió Pablo asintiendo.

Les hicimos un hueco entre los dos para que se metiesen bajo las mantas. Y allí, aquella noche, recordamos algunos de los momentos que habíamos pasado con Aurelio. Tú te echaste a reír cuando Pablo relató esa vez en la que se atragantó con la limonada y se le salió por la nariz en medio de la comida. O cuando Sofía rememoró lo poco que le gustaban los Take That, ese grupo de música que a ella le encantaba; Aurelio solía decir que parecían «bobalicones» y que esperaba que se echase un novio mejor en el futuro.

Y fue dulce a pesar de la tristeza.

Nos despedimos entre sonrisas.

Nos despedimos juntos.

32

No fue una década fácil para nosotros, Gabriel. De hecho, diría que fue la peor. Tu padre nos dejó y, no mucho después, también los míos. Murieron tan solo con unos meses de diferencia. Decidí dimitir en el trabajo porque sencillamente no podía más y necesitaba tiempo para mí misma. Tú estabas algo apagado, pero, pese a todo, volvimos a descubrirnos en medio del camino. Si algo bueno podemos sacar de entonces fue eso.

En cierto modo, nunca entendí por qué llegamos a alejarnos. ¿Qué nos pasó? Seguíamos siendo nosotros. Supongo que, a veces, estamos tan ocupados mirándonos el ombligo que no nos paramos a pensar qué sentirá la persona que tenemos al lado, qué etapa estará pasando, qué le ocurrirá. Nos dejamos llevar por la marea y somos incapaces de cambiar de dirección porque es más cómodo seguir y seguir y seguir sin mirar atrás; el problema es que, cuando te giras, has dejado de ver la orilla y te has perdido del todo.

Tú y yo nos encontramos. Volvimos a mirarnos. Volvimos a querernos bien y a pensar en el otro.

Y nos enfrentamos juntos a los problemas que vinieron. Como la transformación de Pablo conforme creció y se volvió más problemático, sobre todo cuando repitió el último curso. Sofía, en cambio, empezó a no necesitarnos. Fue duro, sobre todo para ti, que siempre estabas ahí para ella, tendiéndole la mano incluso antes de que te lo pidiese. Pero también fue una nueva aventura ver cómo empezaba a estudiar en la universidad y se hacía cada vez más independiente. En dos años, nos presentó a tres chicos. Ninguno te pareció lo suficientemente bueno. Dijiste que «no le llegaban ni a la suela de los zapatos».

—Empiezas a comportarte como un viejo cascarrabias...

Me reí mientras tú refunfuñabas por lo bajo. Y luego grité cuando me cogiste y los dos caímos sobre el sofá. Parecías entre divertido y malhumorado, todo a la vez.

—Solo he cumplido cincuenta. Y son los nuevos cuarenta.

—¿Te lo has tomado en serio? —Solté una carcajada.

—Eres cruel. Eres una mujer cruel y muy mala.

Volví a reírme y después nos quedamos mirándonos unos segundos, respirando aún agitados, con tu cuerpo junto al mío en el sofá. Te acaricié el pelo. Lo tenías salpicado de canas, pero a mí me gustaban, te daban ese aire intelectual y atractivo que siempre habías tenido. A pesar de las arrugas que los rodeaban, tus ojos seguían siendo

profundos e intensos. Y tus labios..., la sonrisa que esboza-
ban era mi perdición. Te sujeté de la nuca antes de besar-
te despacio, uno de esos besos que hacía tiempo que no
nos dábamos, saboreándonos a conciencia y dibujando el
contorno de la boca del otro.

—Aún estoy joven para muchas cosas, ¿sabes?

—Vas a tener que demostrármelo para que te crea.

—Maldita sea... —Me desnudaste.

Ya casi nunca solíamos hacerlo así, de forma improvisada, pero aquel día fue divertido y excitante. Nos susu-
rramos tonterías al oído. Nos unimos un poquito más.
Nos reímos. Dibujamos una nueva estrella, porque sí.

Aunque fueron unos años difíciles con Pablo, creo
que lo llevamos todo lo bien que supimos. No hay ningún manual sobre cómo ser buenos padres que se pueda
seguir al pie de la letra y había días en los que nos sentía-
mos asfixiados, cuando tú te cabreabas más de la cuenta
o yo me agobiaba por no poder entender qué le estaba
ocurriendo para ayudarle, pero tras unas semanas difíciles siempre volvía la calma.

Pablo no tenía mucho interés en los estudios. Un día
te escuché gritarle en su habitación diciéndole: «No tienes ni idea de los sacrificios que tu madre ha hecho para
que tú puedas tener ahora una educación. No tienes ni
idea de lo que era antes no poder acceder a nada pareci-
do. Y tú lo tiras a la basura». Saliste dando un portazo.

Casi siempre estabais enfadados, si no era por sus notas en clase, era por las compañías que frecuentaba o

porque nunca llegaba a casa a la hora que habíamos acordado con él y nos quedábamos despiertos hasta las tantas, preocupados; tú fumando en la ventana del dormitorio mientras yo leía en voz alta alguna novela compartida para no pensar más de la cuenta hasta que aparecía y os enzarzabais en otra discusión que terminaba igual que las demás, con portazos y reproches.

—¿Qué vamos a hacer con él?

—No lo sé... —contesté, porque era cierto, no tenía ni idea. Pablo aún seguía cediendo conmigo, pero contigo era más duro, casi como si te viese como a un rival. Parecía mentira que años atrás fueses su héroe, ese al que perseguía por todas partes.

—Esto no puede seguir así, Valentina.

—Ya. —Apagué la luz de la lámpara.

Aquel año, a pesar de que no trabajé, estuve bien a nivel personal. Un día, al mirarme al espejo mientras me cepillaba el pelo de buena mañana, me di cuenta de lo mucho que había cambiado mi rostro: ya no era ninguna niña, aunque a veces tú siguieses haciéndome sentir así. Tenía arrugas en la frente y en las comisuras de la boca, la mata de pelo había ido disminuyendo y el cuerpo había perdido esbeltez. Pero, pese a todas esas diferencias externas, por dentro me sentía más bella que nunca: era una mujer segura de mí misma, con unas ideas propias, con capacidad de decisión. No había ni rastro de esa chiquilla que Gabriel conoció, la que se sonrojaba avergonzada, la que no se atrevía a enfrentarse a su padre o tenía reparos a la hora de vestirse como realmente le apetecía hacerlo. Quedaban rastros, sí, mi esencia. Pero había madurado. Y me gustaba la manera en la que lo había hecho, como una planta enclenque que lentamente crece hacia el sol, extiende sus raíces y se fortalece.

Había llegado al lugar donde siempre quise estar.

Aun así, anhelaba encontrar algo que de verdad me motivase y me ilusionase, pero no quería precipitarme. Por suerte, tenía una lista de cosas que quería hacer y guardábamos ahorros tras vender la casa de campo y, más tarde, el piso de tu padre. Así que me apunté a un curso de inglés solo por el placer de hacerlo (tus hijos siempre se reían a costa de mi pronunciación) y también decidí sacarme el carné de conducir. Tú me ayudaste con las prácticas.

—Gira a la derecha...

—Vale. Derecha.

—No has puesto el intermitente.

—¡Claro que sí! Te estarás quedando sordo.

—Valentina... —Pusiste los ojos en blanco.

—Está bien, tienes razón, no lo he puesto y aún tienes algo de oído. Pero lo de la vista sí que tienes que mirártelo, deja de retrasarlo más o será peor.

Frené delante de un *stop* del polígono en el que hacíamos las prácticas y tú resoplaste. Nos rodeaban varios edificios de un mismo color gris perlado con letreros que anunciaban los productos que vendían o que estaban de liquidación.

—Veo perfectamente.

—No es verdad. Corriges los exámenes con la nariz pegada al folio y casi nunca puedes leer lo que pone en las etiquetas de los alimentos cuando vamos al supermercado.

—La letra es diminuta —te quejaste.

—¿Qué pone ahí? —Señalé el cartel de un almacén de muebles.

—Ehh... —Frunciste el ceño—. Pone: «Tenemos muelas...», no, eso no tiene mucho sentido. Vale, ya veo lo de abajo, «sofás, sillas, mesas...».

—Pone: «Tenemos muebles: sofás, sillas, mesas...».

—He acertado la mitad.

—Necesitas gafas, Gabriel.

Unas semanas más tarde, poco después de que aprobase el examen práctico de conducir, te convencí finalmente para que fuésemos a una óptica. Te quedaban muy bien las gafas, no sé por qué te resistías tanto; además, ni siquiera tenías que usarlas siempre.

—Estás guapo. De verdad.

—Si tú lo dices...

—Ven aquí.

Y te besé riéndome.

33

En 1999, cuando Pablo celebró su decimoctavo cumpleaños, la situación llegó al límite y se rompió, pero, irónicamente, también se empezó a reconstruir poco a poco. Un mes después de cumplir la mayoría de edad nos dijo que se marchaba: cogería una mochila y el primer tren que pasase. Quería recorrer el mundo sin ataduras, sin tener que cumplir horarios ni darle explicaciones a nadie. Yo me eché a llorar. Tú te enfadaste como nunca.

Quizá no nos lo tomamos de la mejor manera.

Simplemente pensábamos que no era bueno para él y queríamos protegerlo de aquello que creíamos que lo perjudicaría. Y no, no nos entusiasmó la idea de que se colgase una mochila del hombro y se largarse por ahí con los pocos ahorros que había reunido trabajando algunos fines de semana en un local de copas del barrio del Carmen.

Pero no era nuestra vida. No era nuestra decisión.

Estuvisteis dos semanas sin dirigiros la palabra. Los silencios en casa eran dolorosos. Los recuerdos del pasado también, sobre todo cuando pensaba en aquellos años ochenta tan dulces de días soleados en la playa y en la casa del campo; recordaba con nostalgia las noches frescas cuajadas de estrellas, y lo mucho que jugabas con tus hijos y disfrutabas viéndolos crecer sin poder imaginar ni por un momento que, con el paso del tiempo, Pablo y tú os distanciaríais y dejaríais de entenderos igual.

Pero, como digo, fue también parte de la reconstrucción.

Aquel día, el último que pasó en casa, lo ayudé a prepararse el equipaje. Me aseguré de que se llevase medicamentos, una tarjeta sanitaria que lo cubriese fuera y cosas prácticas en las que, por supuesto, él no había pensado porque vivía al día alocadamente. Antes de irse a la universidad, Sofía se pasó por el dormitorio y abrazó a su hermano con fuerza; le dijo que le faltaba un tornillo, lo llamó «renacuajo» entre lágrimas y le regaló uno de esos chupetes de colores que siempre colgaban de sus llaves para que lo usase como amuleto y se acordase de ella. Yo tenía un nudo insoportable en la garganta.

Te esperamos, Gabriel. Saliste de casa en cuanto empezamos a preparar su equipaje y dijiste que volverías, pero cuando el taxi llamó al telefonillo a la hora acordada, tú no estabas allí. Pablo nos había pedido que no lo acompañásemos hasta la estación porque quería elegir solo su primer destino sin que interfiriésemos. Pero se suponía que tenías que estar en casa. Debías despedirte de él. ¿Cómo no ibas a hacerlo...? Incluso aunque no apoyases su decisión y pese a todas las discusiones de los últimos años, los malentendidos, los reproches y las palabras dichas que en el fondo no sentíais.

Pablo miró inquieto a ambos lados de la calle cuando llegamos hasta el taxi. Se puso un poco nervioso. Te estaba buscando. Lo cogí de las mejillas, como si aún fuese un niño.

—Todo irá bien, cariño.

—Ya lo sé —gruñó.

—Y si surge algún problema, cualquier imprevisto, sabes que estamos al otro lado del teléfono, ¿de acuerdo? Y llámanos, Pablo. Llámanos cada vez que puedas.

—Vale, mamá —suspiró.

—En cuanto a tu padre...

—Déjalo —masculló molesto.

—Te quiere muchísimo. Y siempre ha intentado hacer las cosas bien contigo, es solo que ahora mismo está tan cerrado en sí mismo que ni siquiera ve más allá...

—No importa —dijo sacudiendo la cabeza.

Pablo no era de los que se abrían fácilmente o hablaran de sentimientos, tampoco tenía la misma capacidad que tú para pedir perdón o recapacitar cuando se equivocaba. Por eso me enfadé contigo. Porque conocías a nuestro hijo y pensé que en aquel momento era tu responsabilidad no caer en aquella situación. Te grité eso mismo cuando llegaste a casa quince minutos más tarde, abriste su habitación y te quedaste en el umbral de la puerta.

—¿Cómo has podido no despedirte de él, Gabriel?

Te revolviste el pelo. Parecías tan triste y perdido...

Me fijé en tus manos. Tenías todas las uñas mordidas.

—Valentina... —Fue un susurro—. Tú no lo entiendes.

—Supone lo mismo para los dos. ¿Crees que no me ha costado ayudarlo a preparar el equipaje y dejarlo ir sin saber dónde dormirá mañana o pasado? ¿Crees que ha sido fácil?

—No, pero...

—No te has despedido de tu hijo y te vas a arrepentir toda tu vida de esto. Te estaba esperando, Gabriel, estaba esperando a que aparecieses, no dejaba de mirar alrededor en la calle antes de subirse al taxi y le has fallado. Pero, peor aún, te has fallado también a ti. Porque tú no eres así. —Te acaricié la mejilla—. Ya sé que es duro...

Te tapaste la cara y suspiraste.

—La he jodido...

—Un poco.

—Es que no podía...

—Ya lo sé, mi vida.

—Aún puedo despedirme.

Te miré sorprendida mientras cogías la chaqueta que colgaba del perchero tras la puerta de la entrada. Agitaste las llaves en la mano antes de inclinarte para darme un beso rápido. Y sí, lo hiciste. Me lo contaste horas después, por la noche, mientras nos abrazábamos y compartíamos nuestros miedos. Fuiste hasta la Estación del Norte. Estuviste a punto de saltarte el control de seguridad al ver que él acababa de cruzarlo para subir en ese tren que salía en cinco minutos. Te miró. Lo miraste. Al parecer, no hablasteis, por una vez no os hizo falta para comunicaros y saber que todo estaba bien, que seguirías allí cuando decidiese que había llegado el momento de volver.

34

Me compré mi primer ordenador. Mientras trasteaba con aquel cacharro y lo descubríamos juntos antes de decidirnos por fin a contratar Internet, no sospeché jamás que la clave para mi futuro estaba ahí, detrás de esa pantalla y de un sistema formado por unos y ceros que ni siquiera alcanzaba a comprender, por más que Sofía me lo explicase con paciencia.

Pero sí. De repente supe lo que quería hacer.

Tú sonreíste cuando me decidí a explicártelo.

Y eso fue todo lo que necesité para empezar.

El siglo XXI
Una nueva era

35

Ocurre algo curioso con esto de la edad. Es como si no fuésemos muy conscientes de ello, al menos no de una manera objetiva. Cuando tenía diecisiete años, veía «viejos» a los de treinta. Cuando cumplí treinta, en cambio, seguía sintiéndome como una niña y los que me parecían más «viejos» eran los de cincuenta. Al alcanzar esa cifra, no imaginaba cómo pude pensar aquello alguna vez. ¡Si éramos dos chiquillos todavía! ¿Verdad? O así se ve, entonces, cuando cruzas esa línea y, al mirar atrás, parece que hayan sido dos días.

Estábamos en la cama. Tú leías un libro en voz alta. Juré que no volveríamos a perder esa tradición.

—Valentina, no estás escuchándome.

—Solo pensaba en mis cosas. Repite la última frase.

—Dime en qué pensabas. —Te quitaste las gafas.

—En el tiempo. En los años. ¿Qué nos ha ocurrido? Quiero decir, ¿cuándo se hicieron mayores nuestros hijos?

No lo recuerdo, ¿dónde estábamos? Ha pasado tan rápido que tengo la sensación de que me perdí ese capítulo de mi vida. Hace nada eran dos bebés que podía achuchar a todas horas y ahora Pablo está en Viena y Sofía anda por ahí con ese chico..., ese chico..., ¿cómo se llama? Gonzalo, sí, ese.

—Ya no está con Gonzalo. Este es Raúl.

—Vale. Lo que sea, pues Raúl. ¿Lo ves? Ni siquiera puedo seguirles la pista porque ellos van muy rápido y nosotros empezaremos a usar bastón dentro de poco.

—Creo que aún nos quedan muchos años para eso.

—¡Pero el tiempo vuela, Gabriel! Volverá a ser otro pestañeo.

—Es ley de vida, cariño. —Me miraste con ternura.

—Y mírame. —Me giré hacia ti—. Mírame en serio.

—Ya lo hago. ¿Qué ocurre?

—He cambiado. Tengo arrugas.

—No es verdad. Estás preciosa.

—Sabes que no es cierto. He engordado y ya casi no me entran los pantalones de siempre. Pero no es solo eso, es que siento que me estoy quedando atrás.

—Dice la actual empresaria con más ojo de la familia...

Se me escapó una sonrisa, porque eso era verdad y no podía evitar sentirme orgullosa. Tras unos meses usando el ordenador, se me había ocurrido la idea de lanzar una revista digital que no tuviese que imprimirse ni venderse en los quioscos y que estuviese al alcance de todo el mundo gratis. Los conocimientos que había aprendido tiempo atrás fueron de gran ayuda, porque ya estaba acostumbrada a contactar con marcas durante los últimos años y sabía que gran parte del beneficio provenía de los anunciantes. Los medios *online* estaban en alza y Sofía acababa de terminar la carrera de Periodismo, así que las dos nos embarcamos juntas en aquel proyecto. Fue bonito, no solo por hacerlo con ella, también porque tú nos ayudaste y también compañeros suyos de la facultad que más tarde terminaron siendo una pieza clave. Por aquel entonces aún nos quedaba un largo camino por delante que recorrer, pero me sentía satisfecha y confiaba en que, con tiempo y dedicación, funcionase todavía mejor y se estabilizase.

—Y a todo esto, ¿quién es ese tal Raúl?

—Creo que el de los tatuajes. El rubio.

—¿El informático que ayuda en la revista? ¿Ese que lleva un *piercing* en la ceja? —Asentiste con gesto distraído antes de volver a colocarte las gafas y coger la novela—. Y tú que pones el grito en el cielo con todos sus novios, ¿se puede saber por qué estás ahora tan tranquilo?

—No me parece que esté tan mal —dijiste.

—Cuando llamó a casa, pensé que venía a robar.

—Ya, a mí también se me pasó por la cabeza. —Te echaste a reír antes de serenarte—: Pero el otro día, mientras trabajabais, me fijé en cómo la miraba.

—¿Y cómo la miraba? —insistí confundida.

—Como yo te miré a ti la primera vez que te vi.

—¡Eso no vale, Gabriel! Maldito seas.

Sonreí y negué con la cabeza, divertida.

—Lo digo en serio, lo prefiero a él antes que a todos los demás con los que ha salido. Eran, no sé, poco interesantes, ¿no te parece? Ni siquiera podían seguirle la conversación cuando ella se ponía a divagar sobre sus cosas, ya sabes cómo es Sofía.

Tuviste razón. Quizá fue suerte o que siempre mantuviste con tu hija esa especie de conexión inexplicable, vuestro propio idioma. La cuestión es que Raúl pasó a formar parte de la familia poco a poco; asistía a los cumpleaños, se iba contigo a menudo a hacer fotografías a la Albufera y cada vez se implicó más en el proyecto de la revista, hasta el punto de formar parte de él como si fuese algo de los tres.

Los siguientes años fueron tranquilos, pero también productivos. Los vivimos sumidos en una especie de rutina agradable, no de las que pesan, sino al revés. De las que llenan. Nos despedimos de la peseta y le dimos la bienvenida al euro, conseguimos una afluencia de visitantes diaria y fiel en la revista digital y la publicidad convirtió aquello en un negocio del que Sofía empezó a hacerse cargo. Raúl, en cambio, seguía echando una mano, pero encontró otro empleo y se fue alejando como si una parte de él quisiese separar la parte laboral de la personal, sobre todo cuando decidieron irse a vivir juntos.

La casa se quedó vacía, Gabriel. Llena de silencio.

Al principio me entristecí, no puedo negarlo.

Pero unas semanas más tarde, conforme lo asimilé, me di cuenta de que, después de más de veinticinco años conviviendo con nuestros hijos, volvíamos a estar solos. Eso significaba que podía ducharme con la puerta del baño abierta sin pensar en que Raúl o cualquier otro amigo de Sofía decidiese hacerme una visita sorpresa. Podíamos cenar lo que quisiésemos cada día sin tener en cuenta una tercera opinión. Y la televisión, ¡qué maravilla!, se acabaron esos programas de canto que a tu hija la volvían loca.

—Tengo una idea, ¿por qué no te mudas a la habitación de Sofía para trabajar? Es más grande y podríamos tener ahí el estudio —propusiste—. Aún mejor, ¿y si montamos una librería en la de Pablo? Unas cuantas estanterías, dos sillones, una mesa pequeña...

Sacudí la cabeza con un nudo en la garganta.

—En la de Pablo todavía no.

—Hace mucho que no viene.

Tenías razón. Había estado unos años dando tumbos por el mundo, mandándonos postales y fotografías desde diferentes países. Cada vez que nos llamaba nos contaba alguna historia trepidante de esas que cualquiera pensaría que solo ocurren en las películas; tenía anécdotas para dar y regalar. Sin embargo, al final había hecho una parada en Londres cuando decidió que trabajaría un tiempo en un bar de copas para ahorrar algo antes de marcharse de nuevo. Esa pausa en el camino terminó alargándose tanto que fuimos nosotros los que nos animamos a ir a verlo a él. Era la primera vez que cogíamos un avión. Tú parecías un niño emocionado. Yo estuve a punto de sufrir un infarto. Aun así, valió la pena. Nos quedamos en un hotel porque Pablo vivía en una habitación de alquiler que me puse a limpiar en cuanto nos la enseñó (porque lo obligué, claro) y que era más pequeña que una ratonera. Pero fueron seis días increíbles en los que recorrimos la ciudad con nuestro hijo; estuvimos en el Soho, Covent Garden, Piccadilly y su zona preferida, Camden Town. Entusiasmado, él nos enseñaba esto y aquello y nos llevaba a los mejores locales que conocía. Acabamos agotados. Por las noches, no podíamos ni hablar.

—Entonces quizá deberíamos preguntárselo.

—O podemos esperar un poco más y ya está.

—Vamos, Valentina. No me digas que no quieres tener una librería solo para nosotros. Podríamos leer ahí por las tardes. Compraremos una alfombra inmensa... —te acercaste a mí sonriendo de lado—, y te haré el amor sobre ella. Admite que suena perfecto.

Me reí mientras tú intentabas meterme mano.

—Lo haremos en la habitación de Sofía, ¿de acuerdo? Pondré una mesa para el ordenador y el resto serán estanterías. No me mires así, quizá Pablo quiera volver algún día. Ella ya tiene un hogar, pero él no, es diferente. Y bien, ¿cuándo nos vamos de tiendas?

Elegimos cada mueble con mimo. Disfrutamos por las tardes recorriendo centros comerciales, merendando en cafeterías y discutiendo para ponernos de acuerdo.

Pintamos las paredes de un color naranja tan suave que casi parecía crema cuando había más luz. Tal como tú querías, compramos una alfombra gruesa y de pelo, y al final nos decidimos por dos sillones cómodos, el tuyo especial para los dolores de espalda que cada vez sufrías con más frecuencia. Colocamos una estantería inmensa cubriendo un lado entero de la estancia y, después, fuimos llenándola con esos libros que habíamos guardado en cajas y en el trastero años atrás por falta de espacio. Encontramos tesoros, como aquel ejemplar en el que tú escribiste un día «Cásate conmigo, Valentina» en una pequeña nota, o aquel otro de Jack London que me regalaste justo antes de besarme por primera vez bajo la luna.

Tenías razón: pasar allí las tardes trabajando o compartiendo contigo lecturas mientras el cielo se oscurecía cada día fue perfecto. Simbolizó la estrella que pintaste en la pared después de que Sofía se fuese de casa. Y así cerramos aquella constelación.

36

El doctor, que tenía un grueso bigote llamativo, frunció el ceño mientras revisaba los informes y luego carraspeó para aclararse la garganta antes de alzar la vista hacia nosotros.

Contuve el aliento preocupada.

—¿Hace algún tipo de deporte?

—No —contestaste.

—Y fuma... —recordó.

—Sí. ¿Hay algún problema?

—Gabriel, voy a ser sincero con usted. —El doctor cruzó las manos por encima de la mesa, inspiró hondo y te miró a los ojos—. Tiene cincuenta y nueve años, pero los valores obtenidos en la espirometría pulmonar corresponden a los de un hombre mayor, aunque, desde luego, usted ya no es un niño. Tiene que dejar el tabaco y empezar a adoptar otros hábitos de vida. No sé si está entendiendo la gravedad de la situación. En resumen, podría decirse que sus pulmones están envejecidos.

—Me hago una idea de lo que eso significa —respondiste resuelto, pero, por primera vez, parecías algo preocupado. Por supuesto, te había repetido que dejases de fumar hasta la saciedad, tanto o más que Sofía, pero nunca nos habías hecho mucho caso.

—Si necesita ayuda, puedo recetarle unas pastillas.

—¿Pastillas? —preguntaste ladeando la cabeza.

—Son relajantes. También hay parches de nicotina.

Cuando salimos de allí, lo hicimos en silencio. No sabía qué decir. Estaba asustada, Gabriel. Llevaba meses agobiándote para que fuésemos al médico, pero los hospitales y tú no os llevabais nada bien y era algo que siempre intentabas evitar. Sin embargo, tosías todas las noches, fuerte y con insistencia. Y te fatigabas rápido, cuando no muchos años atrás parecías fuerte como un roble. Me daba miedo que te pasase algo malo y tú lo ignorases.

—Ven aquí. —Tiraste de mi mano en medio de una calle peatonal llena de gente en cuanto te diste cuenta de que estaba temblando, enfadada contigo por haber sido tan irresponsable y conmigo misma por no haber conseguido que fueses antes a hacerte esas pruebas—. No llores, Valentina. Lo voy a hacer, ¿de acuerdo? Dejaré de fumar.

—¿Me lo prometes? —susurré.

—Te lo prometo, cariño.

37

Cumpliste tu palabra. Fue otra estrella. Yo tuve que aguantar tu humor de perros unos meses y escuchar cómo masticabas chicles de menta a todas horas, pero dejaste el tabaco y empezaste a caminar más a menudo y a coger menos el coche para ir y volver del trabajo.

Pablo no volvió. Pronto descubrimos por qué.

Había conocido a una chica en Londres llamada Amber y estaba tan enamorado que casi no lo reconocí cuando fuimos a verlo de nuevo y nos saludó con los ojos brillantes, el pelo más corto y una sonrisa inmensa. Tú le diste un par de palmadas en la espalda e intercambiasteis una mirada llena de respeto, de amor y admiración. Unos minutos después nos presentó a su chica, que esperaba fuera del aeropuerto. Era preciosa. Le cogimos cariño desde el primer saludo y, tras aquellos días con ellos, nos marchamos de allí con la certeza de que Pablo estaba bien. Y estaría bien.

Tanto como Sofía, que meses más tarde nos anunció que se había quedado embarazada. Ella y Raúl nunca se casaron, pero tuvieron un bebé precioso al que llamaron Eva. No sé si es que con la edad uno se vuelve más sensible o si los dos estábamos atravesando una etapa parecida, pero nos emocionábamos por cualquier tontería. La primera vez que te llamó «abuelo» estuviste a punto de echarte a llorar.

La diferencia entre tener hijos y nietos es que a los hijos debes educarlos y ponerles normas; en cambio, con Eva nos limitamos a disfrutar de ella y a saltarnos a escondidas las reglas que sus padres marcaban. Reconozco que le di alguna galleta de más de esas que llevaban pepitas de chocolate y quizá le compré más juguetes de los que debía, pero, en mi defensa, tenía una sonrisa tan bonita que era muy difícil negarle nada cuando hacía uno de sus pucheros, o eso solías decir tú cada vez que te ablandabas.

Y la vida siguió. Los días pasaron. Los meses. Los años.

Forjamos una nueva rutina. Yo trabajaba por las mañanas mientras tú estabas en el colegio, pero cada vez delegaba más cosas en Sofía para poder pasar las tardes contigo, sobre todo cuando Eva empezó a ir a la guardería. Entonces, al caer el sol, salíamos a caminar con la esperanza de que tus pulmones se mostrasen agradecidos, dábamos una vuelta por el barrio cogidos de la mano, parábamos a tomarnos un café descafeinado o, si era sábado, unas bravas o calamares en alguna de esas terrazas que conocíamos tan bien. Leíamos juntos y nos aficionamos a ver series y a ir cada vez más al cine. De vez en cuando hacíamos alguna escapada y tú aprovechabas para hacer fotografías y fingir durante unos días que seguíamos siendo jóvenes inventándote alguna locura.

Pero ya no lo éramos, Gabriel. Solo en nuestra cabeza.

Empezamos a notarlo poco a poco. Es curioso cómo la mente se moldea. Según mi percepción, seguía teniendo en torno a cuarenta años, pero el espejo decía que había dejado ya atrás los sesenta. Las arrugas, esos caminos llenos de recuerdos, surcaban mi piel. Me teñía el pelo cada mes para ocultar las canas. Ya no recordaba qué significaba la palabra «cintura», porque mi cuerpo era completamente recto. Me habían salido varices en las piernas y empecé a darme masajes y a tomar infusiones de cola de caballo, aunque fue en balde. Dejé de tener la misma fuerza en los brazos y, aunque a regañadientes, acepté el carrito de la compra que Sofía me regaló porque, en el fondo, tenía razón y era práctico.

Fue paulatino, pero al mismo tiempo rápido.

Pequeños cambios y detalles que se asentaron en nuestra vida y comenzaron a ser parte de la rutina, como si siempre hubiesen estado ahí. Tus pastillas para el colesterol, por ejemplo. Me parecía algo muy normal recordarte cada mañana si te las habías tomado. También la del corazón. Y qué mal sonaba eso. Lo pensé cuando el médico te la recetó. «Esta es la pastilla para el corazón». Me resultó raro pensar que tu corazón necesitase

221

un empujoncito, con la de veces que me había dormido escuchándolo con la cabeza apoyada en tu pecho y el amor que se había forjado ahí cuarenta y cinco años atrás.

Cuarenta y cinco años, Gabriel.

Cuarenta y cinco años desde que te vi en aquella calle mientras llevaba un pan debajo del brazo. Desde esa primera vez que me seguiste hasta el Mercado Central y me convenciste de que saliese contigo. Desde que fuimos a la heladería y escuchamos *Cuéntame* y *Chica ye ye* sin imaginar entonces que después serían canciones casi prehistóricas.

Cuarenta y cinco años. Toda una vida juntos.

38

El día de tu jubilación fue emotivo. Algunos estudiantes reunieron dinero y te regalaron una edición antigua de *Cuento de Navidad,* un libro que te encantaba. Tus compañeros prepararon en el colegio una merienda improvisada y colgaron algunos globos en el salón de actos. Llevabas trabajando allí tantos años que casi conocías mejor cada rincón de aquel edificio que el de tu propia casa. O, mejor dicho, en cierto modo fue también tu casa, esa a la que ibas cada día y de la que regresabas con una sonrisa satisfecha.

Vinieron antiguos alumnos que querían despedirse de ti por última vez, unos acompañados incluso de sus hijos, otros contándote qué había sido de sus vidas después de graduarse. Sofía y Raúl también acudieron con Eva, orgullosos de presenciar el momento. Ese día fui yo la que se escondió detrás de la cámara de fotos que siempre solías llevar tú e intenté capturar cada instante, cada sonrisa nostálgica que esbozabas, cada mirada cariñosa.

Cerraste una etapa. Y poco después, te seguí también.

—¿Qué vamos a hacer ahora? —pregunté.

—No lo sé. Podemos hacer lo que queramos.

Era una mañana de miércoles y, tras unas semanas algo confundidos aún por los cambios, decidimos sentarnos a desayunar en el salón y hablarlo tranquilamente. Nos miramos de reojo y sonreímos. Era como volver atrás en el tiempo, a esa época en la que no tienes responsabilidades ni un trabajo al que ir cada día. Pero también hacía que nos sintiésemos un poco perdidos entre tanta novedad. ¿Qué hacíamos con tanto tiempo libre?

—Podríamos volver a comprar una casa en el campo.

—Suena muy lógico, sí —contestaste con ironía.

—No me mires así, ahora tendría tiempo de sobra para dedicárselo a las plantas. Tendríamos el mejor jardín de la urbanización. Podrías hacer allí hasta sesiones de fotos.

Removiste el café y alzaste una ceja divertido.

—¿Desde cuándo te interesa la jardinería?

—Nunca es tarde para nuevas aficiones. Quizá hasta podría fabricar miel artesana, ¿será difícil cuidar de las abejas...? —Suspiré—. Olvídalo. Estoy enloqueciendo.

—No creo que sea un buen plan volver atrás.

—Vale. Pues un apartamento en la playa.

—¿Y qué hacemos en invierno?

—No lo sé, Gabriel. ¿Qué hace la gente cuando se jubila?

—Juega a la petanca. O se apunta a algún curso de ganchillo.

—Bromear es lo único que no se aprende con la edad, está comprobado.

Te reíste y después inspiraste hondo y me miraste pensativo. Te habías mordido las uñas durante aquellas semanas, supongo que porque te sentías inseguro en esa nueva etapa.

—Podríamos viajar.

—¿A dónde?

—No lo sé, por ahí. Por todo el mundo. Pablo ha estado en un montón de sitios, le pediríamos que nos recomendase alguno. Y cada día sería una aventura.

Dudé, pero reconozco que la idea era tentadora.

Solo habíamos salido al extranjero cuando íbamos a visitar a nuestro hijo, que cada vez era con más frecuencia. Pero nunca nos habíamos ido nosotros solos por el mero placer de hacerlo. Nuestra generación había vivido con un concepto diferente de la palabra «vacaciones», algo que consistía más bien en ir al pueblo a veranear o alquilar un apartamento. Abrirnos en ese aspecto me resultaba atrayente.

—Admito que no suena nada mal.

—Mejor que hacernos apicultores.

—Un poquito. Pero me da miedo.

Te inclinaste y me cogiste las manos para acunarlas entre las tuyas. Me fijé en tu rostro. Cómo cambiamos con los años, Gabriel, pero aun así seguías pareciéndome atractivo, con la piel arrugada y con los ojos más opacos. En cierto modo, tu imagen representaba una vida entera delante de mí, llena de momentos dulces, agrios y templados. Todos me parecían entonces igual de necesarios para ser quienes éramos en ese momento.

—Sé que últimamente no dejas de pensar en mí y en todas esas tonterías que dicen los médicos. Que no digo que no sean ciertas, pero me cuido, ¿vale? O eso intento. Y seamos sinceros, cariño, de algo nos tenemos que morir.

—No digas eso, Gabriel, no se te ocurra...

—Pero no será ahora. No somos tan mayores. Lo que quiero decir con esto es que tenemos que aprovechar los años que nos quedan. Vivir, Valentina. Deberíamos gastar buena parte de nuestros ahorros en hacer lo que nos apetezca. ¿Quieres comprarte alguna joya? Pues hazlo. ¿Quieres nadar con tiburones? ¡Adelante! ¿Comer en algún sitio de esos pretenciosos de cinco tenedores? ¡Bien! ¿Por qué no?

—¿Te has vuelto loco? —Me eché a reír.

—No, lo digo muy en serio, cariño. Este es el momento. Pablo está lejos y está bien, es feliz. Sofía tiene treinta y siete años, es una mujer adulta, y sé que crees que aún nos necesita a todas horas, que deberías aconsejarla en cada paso que da en la empresa y que a veces aún nos pide ayuda con Eva, pero déjale espacio, que sea ella la que venga a nosotros. Tienen que vivir sus vidas. Y nosotros debemos seguir adelante.

—Ya lo sé... Y suena bien, de verdad que sí...

—También sé que te da miedo que ocurra algo malo, pero ¿sabes? Pasaría igual aquí que dos calles más allá o en la otra punta del mundo. No sabemos cuándo ni cómo, la única certeza que tenemos es que ahora estamos tú y yo, tal como empezamos, los dos solos.

—Tienes razón. —Me limpiaste las lágrimas.

—Cierra los ojos. —Lo hice—. Piensa en un lugar.

—París —susurré casi antes de que las imágenes que había visto durante años en el cine apareciesen en mi cabeza; sus calles empedradas, la catedral de Notre Dame, los tejados grises de los edificios, el cielo plomizo sobre la punta de la Torre Eiffel...

Cuando abrí los ojos de nuevo, tú estabas sonriendo.

—Ya tenemos un primer destino. París.

Un par de semanas más tarde hicimos las maletas. Recuerdo los nervios antes de subir al avión. Ya ves tú qué tontería. Habíamos visitado a Pablo a menudo durante los últimos años, pero en esa ocasión era diferente. Nadie nos esperaría en el aeropuerto y nos haría un *tour* por la ciudad. Y me sentía como una niña a punto de cometer una travesura. Cuando nos abrochamos los cinturones en el avión y te dije eso al oído, te echaste a reír.

Me miraste. Yo estaba en el lado de la ventanilla.

—Es que a veces para mí lo sigues siendo.

—¿Qué sigo siendo? —Fruncí el ceño.

—Una niña. La más bonita del mundo.

—Baja la voz. Si alguien te escucha, pensará que estás loco y avisarán a seguridad.

—Que piensen lo que quieran. —Alzaste una mano y la pusiste en mi mejilla. En ese momento anunciaron que el avión estaba a punto de despegar y, como siempre, entrelacé mis dedos con los tuyos, porque volar me daba más miedo que esa idea loca de nadar con tiburones—. Tranquila. Respira hondo —me susurraste al oído.

Y después alzamos el vuelo hacia esos días que fueron nuestros.

Recorrimos París. Nos perdimos entre sus calles, cenamos en un restaurante caro cuando nunca nos habíamos permitido aquel lujo y me di un baño de espuma en la bañera del hotel mientras tú me leías una novela sentado en la silla que había enfrente.

Al ir a salir, te pedí que me acercases la toalla. En lugar de tendérmela, la alejaste cuando estaba a punto de rozarla con los dedos. Te miré enfadada.

—¿Qué pretendes?

—Sal antes de cogerla.

—No quiero. No así.

—¿Ahora te da vergüenza que te vea? Vamos, hace mucho tiempo que no me dejas hacerlo, parece que te escondas a propósito. —Me miraste con impaciencia—. ¿De verdad, Valentina? Si conozco tu cuerpo casi mejor que el mío, no me hagas reír. Venga, ven.

Salí de la bañera aún insegura. Me ayudaste cogiéndome del brazo y una vez me planté desnuda delante de ti me cubriste con la toalla y me secaste despacio, con ternura, sonriendo. No sé qué esperaba de ese momento, pero fue íntimo y... diferente. ¿Sabes? Una piensa que, llegados a cierto punto de la vida, ya no puede haber nada nuevo, pero no es verdad. Nunca habíamos vivido nada como aquel instante, por ejemplo. Nunca me había sentido avergonzada delante de ti y el sentimiento se había ido disipando conforme tus manos se deslizaban por mi cuerpo desnudo, arrugado y blando. La que era entonces. Y me entraron ganas de llorar, pero no de tristeza, sino de amor, porque me hiciste recordar cuánto te quería y, sobre todo, por qué lo hacía. Como pensé un día ya muy lejano, eras el mejor hombre que he conocido jamás. El más generoso. El más valiente.

Me pusiste la bata cuando estuve seca y después nos quedamos toda la noche en la cama hablando de nuestras cosas, de los planes que teníamos y de las ciudades que visitaríamos, del regalo que le compraríamos a Eva para su cumpleaños y de los próximos libros que queríamos leer. Me comí todos los bombones que había en el minibar sin pensar en lo que costarían o engordarían y tú me robaste un beso con sabor a chocolate con naranja antes de darme las buenas noches y abrazarme en aquella habitación de París.

39

Empezamos por Europa. Entendí entonces por qué a la gente le gusta tanto viajar. Es fácil. No se trata solo de conocer otros lugares, se trata también de conocerse a uno mismo. Porque la novedad de estar en un sitio diferente te obliga también a vivir en ese presente, a aguzar todos los sentidos, a «estar», tan sencillo como eso. No te pierdes en tu propio mundo ni en recuerdos cuando atraviesas una calle nueva o visitas ese monumento que estabas deseando ver, no piensas en los problemas ni caminas con ese saco de preocupaciones que a menudo cargamos en nuestra vida diaria, cuando avanzamos como autómatas del trabajo a casa, de casa al gimnasio, del gimnasio al supermercado.

Es diferente. Es intenso. Y se vuelve adictivo.

Ámsterdam, Edimburgo, Dublín, Brujas, Praga, Lisboa y Copenhague. Yo creo que, conforme recorríamos aquellas ciudades, tú empezaste a entender mejor a tu hijo. O eso reconociste un día mientras paseábamos por Venecia de noche cogidos de la mano. Se lo dijiste a la mañana siguiente cuando lo llamaste por teléfono y comentaste que ese gesto tan pequeño lo emocionó tanto que, como siempre que se trataba de sentimientos, Pablo no supo qué contestar antes de cambiar de tema y contarte que Amber había encontrado otro trabajo en el que le pagaban mucho mejor que en el anterior.

A ti te hizo gracia. Eso es lo que pasa cuando conoces a las personas y sabes qué esperar y qué no. En cierto modo, los defectos pierden fuerza y las pequeñas taras de cada cual se convierten en eso que lo diferencia del de al lado, lo que hacía que Pablo fuese único, por ejemplo, con sus defectos y sus virtudes, con sus luces y sus sombras.

Cuando le explicamos a Sofía que queríamos ampliar horizontes y cruzar al otro lado del charco, empezó a ponerse nerviosa. Creo que entonces fui más consciente que nunca de que mi pequeña, nuestra hija, ya era madre en todos los sentidos. Esa preocupación por todo, ese impulso de querer abarcar más y más, la madurez de sus ideas y la tensión que se asentaba en sus hombros era algo que había vivido en mi piel años atrás.

Supiste captar las señales y te fuiste a charlar un rato con Raúl a la cocina para dejarnos a solas. Apoyé una mano en su pierna y la miré antes de coger aire.

—Deberías relajarte, Sofía. Hazme caso.

—Estoy bien, solo me preocupo por vosotros.

—Ya lo sé. Y también sé cómo te sientes, porque una vez estuve en tu situación y años después me di cuenta de que quizá podría haber hecho las cosas de otro modo. ¿Sabes lo que me repetía a menudo tu abuelo? Te vas a reír. Me decía: «Siempre con prisas, Valentina». Y tenía toda la razón del mundo. Debería haber frenado antes.

—¿Tú con prisas? —Parpadeó sorprendida.

—Hubo una época en la que sí, Sofía.

—Es que siento... —Se llevó una mano al pecho y vi cómo se esforzaba por contener las lágrimas—. Siento que siempre tengo algo que hacer. Siempre, mamá. Desde que me levanto hasta que me acuesto. Y me gustaría pasar más tiempo con Eva. Pero tampoco puedo pedirle más a Raúl, porque él está en la misma situación...

—Quizá deberías delegar en alguien parte de tu trabajo.

—Ya, pero la gente es poco profesional..., lo harían mal...

—Entonces puedes buscar a alguien que lo haga mejor.

—Puede ser. —Respiró hondo, todavía con la angustia revoloteando en sus ojos de color caramelo. Chasqueó la lengua—. Y luego estáis vosotros...

—¿Qué pasa con nosotros? Papá y yo no tenemos problemas.

—Tengo la sensación de que debería estar más cerca, de que cada vez que os hacemos una visita vamos con prisas y corriendo, hace una eternidad que no compartimos un rato tranquilo. Y no me gusta que estéis siempre de un lado para otro, porque si ocurriese cualquier cosa y no pudiese estar ahí..., creo que no me lo perdonaría.

La abracé y le froté la espalda con todo mi cariño.

—Algún día pasará y no será tu responsabilidad.

—No digas eso, mamá. No lo digas, ¿de acuerdo?

—Es como tienen que ser las cosas. Nosotros estamos viviendo una época fascinante juntos, viajando y disfrutando de los placeres de la vida después de muchos años de trabajo. Y tú debes ordenar tus prioridades antes de que sea tarde. Los niños crecen muy rápido, Sofía, hace dos días eras una bolita diminuta en mis brazos y tu padre lloraba mientras te sostenía mirándote embobado. La vida es un pestañeo. Digamos que todos tenemos una cuerda atada alrededor del cuerpo llena de responsabilidades y presiones que tiran de nosotros, eso es así, pero intenta que el nudo no apriete demasiado. El trabajo es una parte importante de tu vida, una crucial, pero no dejes que te arrebate todo lo demás.

—Lo estoy haciendo todo mal, mamá.

—No digas eso. Eres maravillosamente imperfecta, como deberíamos serlo todas las mujeres. Trabajas duro, siempre has sido listísima, tienes metas altas y una familia adorable. Cuídalo. De nada sirve tener un vino gran reserva si al final no te lo bebes.

Sofía asintió y después apoyó su cabeza en mi hombro como cuando era una niña y hablábamos de cómo nos había ido el día en el trabajo y en el colegio; yo le contaba el contenido de algunas cartas que me mandaban las lectoras y ella compartía anécdotas sobre sus amigas. Así que, allí, al tiempo que saboreábamos un chocolate caliente, le relaté la última ruta literaria que habíamos hecho, la de *Crimen y castigo* y *Los hermanos Karamázov* en San Petersburgo. Nos habíamos aficionado a leer las novelas antes y mientras visitábamos algunos lugares. *La Divina Comedia* en Florencia o *La metamorfosis* en Praga.

Cuando nos despedimos, parecía más relajada.

—¿Has hablado con ella? —preguntaste en el ascensor.

—Sí. Y antes de que me lo reproches, te diré que le he dado algunos consejos. Pero no como socia ni como jefa, tenía que hacerlo como madre, ¿lo entiendes?

Dudaste un segundo antes de asentir.

—Ahora sí. Ahora lo entiendo.

40

—Creo que las personas somos como edificios.

—Yo creo que esta es otra de tus teorías locas.

—Puede ser. Pero es cierto. Piénsalo, Valentina. Empezamos siendo apenas un trozo de suelo y lentamente vamos levantando paredes.

—Y luego llega el techo —dije siguiéndote el juego, tan solo porque me divertía escuchar las cosas que a veces se te pasaban por la cabeza, esas pequeñas locuras.

—Exacto. Llega el techo y una y otra planta conforme pasan los años.

—Los rascacielos son gente centenaria —apunté.

—Quédate con la teoría, Valentina. Somos edificios, por eso necesitamos unos cimientos sólidos antes de poder crecer. Y a veces algún pilar está en el lugar incorrecto desde el principio, por ejemplo, y hace que todo se tambalee. O que salgan humedades.

—Odio las humedades.

—Pero también están esos edificios que tienen fachadas increíbles y que por dentro están sucios y casi para derribar. O lo contrario, algunos que por fuera parecen poca cosa y resulta que tienen hasta patio interior o terrazas desde las que ver el atardecer.

—¿Y qué somos nosotros, Gabriel?

—Tú un ático, desde luego.

—¿Eso por qué?

—Porque siempre has estado arriba, aunque no te dieses cuenta. En cuanto a mí, no sé, no me importaría ser una casa de una sola planta siempre y cuando fuese sólida, ¿me entiendes? De las que se hacían antes, con las paredes gruesas para que en invierno se conservase el calor y en verano el frío. No de estas que hacen ahora que parecen casi de papel y da la sensación de que podrían desplomarse en cualquier momento.

—Lo serías, Gabriel. Serías una de esas casas.

—Me alivia saberlo —contestaste.

—Tendrías la fachada de piedra.

—Creo que la conversación se nos está yendo de las manos.

—Has empezado tú —repliqué riendo.

—Y a ti te falta tiempo para seguirme.

Nuestras miradas se enredaron. Nos sonreímos.

41

—No entiendo qué está pasando. Me estáis poniendo nerviosa. —Miré a Sofía y luego desvié la vista hacia Amber y finalmente la bajé hasta Eva—. Dímelo tú, cielo.

—¡No puedo, abuela! ¡Es un secreto! —Se llevó un dedo a los labios.

Puse los ojos en blanco mientras ellas reían entusiasmadas.

—Venga, mamá, ponte el vestido o llegaremos tarde.

Sacudí la cabeza incómoda porque, por supuesto, Sofía sabía que no soportaba las sorpresas. Creo que obedecí fácilmente solo porque Amber estaba allí —para una vez que venía a visitarnos con Pablo así, sin siquiera avisar— y era una chica demasiado dulce como para montar un numerito. De modo que me puse ese vestido de corte recto y de color azul marino que me habían regalado junto a unos pendientes.

Después, recelosa, me crucé de brazos.

—Listo. Estarás contenta —dije.

—Pues sí, la verdad. —Sofía sonrió.

—Ahora tienes que darte la vuelta, abuela.

Hice caso, una vez más. Me taparon con un pañuelo los ojos y luego sentí la pequeña mano de Eva cogiendo las mías para guiarme hasta el ascensor y ayudarme a subir al coche. Pregunté si de verdad aquello era necesario y todas estuvieron de acuerdo en que sí, desde luego. Ciertamente, lo dudaba. Además, tú no estabas allí, aunque imaginé que te encontrarías con Pablo o Raúl. Me pasé el viaje en coche algo mareada, pero, visto lo emocionada que parecía tu nieta, evité protestar o intentar quitarme el pañuelo.

No sé cuánto duró el trayecto, pero sí sé que cuando salí del coche adiviné que estábamos en la playa, porque la brisa marina era inconfundible incluso pese a mi pérdida olfativa. Amber me cogió del brazo mientras avanzábamos y estuve a punto de tropezar dos veces antes de que llegásemos al final del recorrido y me quitasen la venda.

Tú estabas allí recién afeitado y vestido con camisa.

—¿A ti también te han secuestrado? —preguntaste.

—Sin opción a pedir una recompensa, sí. —Miré a Pablo, que se reía con ganas a tu lado—. ¿Qué estamos haciendo aquí? —Contuve la respiración cuando, de pronto, caí en la cuenta—. No me digas que lo habíamos olvidado...

—Nuestro aniversario —continuaste tú.

No era el primer año que se nos pasaba. Nunca fuimos una de esas parejas que celebraban especialmente las fechas señaladas, nosotros éramos más del día a día.

—Este es especial, papás. Cincuenta años.

Miré a Sofía incrédula. Luego alcé la vista hacia ti, que sonreíste lentamente.

Cincuenta. Medio siglo a tu lado. Me temblaron las piernas cuando Sofía empezó a explicar que aquello era como celebrar unas bodas de oro improvisadas y sin ningún certificado oficial, claro. Amber se apresuró a darme el ramo de flores que llevaba en la mano y yo la besé en la mejilla antes de situarme frente a ti, a unos metros de distancia. Raúl se encargó de la música en uno de esos reproductores que podían llevarse a todas partes y de inmediato sonó *Forever and Ever*, de Demis Roussos. Mientras caminaba hacia ti, comencé a llorar y a reír a la vez, como si estuviese loca. Quizá sí que lo estaba, porque no podía apartar mis ojos de los tuyos. Eva se encontraba a tu lado y, al situarnos frente a frente, se ocupó de la ceremonia y leyó una carta sobre nosotros y el amor que había escrito ella sola. Si he de ser sincera, se notaba, porque no tenía mucho sentido, pero ¿qué más daba? Solo podía mirarte, sonreír y llorar. Y fue perfecto. Todo aquel día. Todo.

Más tarde comimos en el restaurante que había frente a la playa, en el paseo marítimo. Las gaviotas sobrevolaban el cielo azul del mediodía. Tú estabas pletórico, lleno de felicidad mientras mirabas a tus hijos y presidías aquella paella gigante de marisco que nos sirvieron. Me cogiste de la mano por debajo de la mesa cuando casi estábamos terminando y los demás se comían el postre. Y ese gesto bastó para sentirme en casa. Tú eras mi hogar. Siempre lo fuiste, Gabriel. Me sentía afortunada por haberte conocido.

Cuando esa noche entramos en el dormitorio, te miré satisfecha mientras dibujabas otra estrella. Me senté en la cama, ya con el pijama puesto, y alcé la vista hacia aquellas constelaciones preciosas que representaban cada paso, cada caída y cada vez que nos habíamos vuelto a levantar. Era la obra de nuestra vida. Puntos y líneas conectadas, una pequeña galaxia que solo nosotros entendíamos.

Te acercaste y me diste un abrazo cálido.

—¿Por qué lloras, Valentina?

—Hemos tenido una buena vida.

—La mejor. ¿Sabes por qué lo sé?

—¿Por qué? —Te miré temblando.

—Porque no cambiaría nada si volviese atrás. Miro ahora nuestras constelaciones y volvería a vivir una a una todas esas estrellas, tanto las malas como las buenas.

—Ha pasado demasiado rápido, Gabriel.

—Lo sé. Tienes razón. La vida debería ser el doble.

—A tu lado, el triple.

—El cuádruple.

Nos reímos ya metidos en la cama. Esa noche, la noche en la que cumplíamos cincuenta años juntos, busqué el calor de tu cuerpo bajo las mantas y me acurruqué a tu lado. Tu pecho seguía pareciéndome sólido bajo mi mejilla blanda y arrugada, tus manos continuaban encajando con las mías cuando entrelazábamos nuestros dedos y el latido de tu corazón todavía era la melodía más maravillosa que había oído jamás...

Tus labios me rozaron al susurrar:

—Mi preciosa y dulce Valentina...

—No me dejes nunca, Gabriel.

—Nunca —dijiste contra mi pelo.

Un amanecer de invierno

Ocurrió una mañana cualquiera de invierno. No sé si era un martes, un jueves o un lunes. Pero sí sé que, cuando me giré en la cama y te vi tumbado a mi lado, algo se encogió en mi pecho. Porque tú te levantabas temprano, Gabriel, antes de que el sol saliese. Y aquel día la luz resbalaba hasta alcanzar la colcha y las motas de polvo flotaban lánguidas bajo la ventana cerrada. No se escuchaba nada, pero existen silencios que son ensordecedores, silencios que son peor que un grito desgarrador. Y en ese instante lo supe. Simplemente lo supe. Lo sentí en el pecho, en la garganta, en la tripa, en el alma. Me quedé sin aire. Te llamé, pero no contestaste. Te zarandeé, pero no te moviste. Te grité que no me hicieses aquello, pero esa vez no me calmaste, no me limpiaste las lágrimas ni me aseguraste que todo iría bien. Esa vez me dejaste sola. Esa vez dejamos de ser «tú y yo» y, cuando lo entendí, solo pude aferrarme a tu cuerpo frío antes de susurrar tu nombre; apenas un gemido ahogado seguido de un sollozo roto por el dolor paralizante.

El chico que dibujaba constelaciones

Siempre me ha resultado sorprendente lo natural e inevitable que parece la muerte cuando les ocurre a otros y está lejos. Escuchas cosas como «es ley de vida», «todos acabaremos así» o «al menos se fue sin sufrir». Eso no sirve cuando la persona que se ha ido es la que amas con todo tu corazón. No sirve cuando te has ido tú, Gabriel. No me parece ley de vida y no me alivia la ausencia de sufrimiento porque solo puedo pensar en que deberías estar aquí. Deberías. Mis dedos tendrían que estar entre los tuyos y tú me darías un apretón para aliviar el dolor, tirar de mí y sacarme de aquí, animándome a escapar de tu propio funeral. Y entonces echaríamos a correr. Juntos. Como antes. Como cuando podíamos hacerlo sin ahogarnos, cuando tú reías con un cigarro colgando entre los labios y te creías el rey del mundo, el de la sonrisa más bonita, el que coleccionaba vinilos y bailaba conmigo en el salón de casa, con el que compartí los buenos y los malos momentos, el que me dio alas y a mis hijos, el que pedía «perdón» casi antes de recordar por qué, el que me enseñó a leer, a crecer y a vivir, el que me miraba como si fuese la chica más especial y única...

Gabriel, en este mundo es difícil cruzarse con alguien como tú, alguien que siempre sume, alguien que aporte luz y aleje las sombras, alguien que dé sin esperar recibir nada a cambio. Por eso solo puedo pensar en que no es justo. No debería ser así. No debería estar aquí, sin ti a mi lado. Apenas escucho nada. Tampoco puedo abrir los ojos, que están hinchados. Nunca había sentido una tristeza tan profunda, un dolor tan feroz, como si me hubiesen arrancado de cuajo una parte del cuerpo y la herida supurase.

Te has marchado, Gabriel. Te has ido sin despedirte.

Y no estaba preparada. Si he de ser sincera, jamás iba a estarlo. Esta presión en el pecho que me ahoga y me entumece las manos parece crecer cuando todo llega a su fin y la gente se aleja hasta que las palabras de pésame se convierten en un murmullo.

Pablo, que ha cogido el primer avión, me abraza con fuerza y solloza. Apenas puedo consolarlo. Apenas puedo alzar los brazos para rodearle la espalda, porque estoy rota y ahora entiendo que los pedazos que faltan te los has llevado contigo y ya nada volverá a ser igual. Diferente, quizá, sí. Pero no igual. Cuando asimilo eso, cuando escucho tu voz casi susurrándomelo al oído, me hago un poco más fuerte y logro mirar a tu hijo a los ojos y limpiarle las lágrimas con los pulgares como tú infinitas veces hiciste conmigo, aunque las manos me tiemblan tanto que no lo consigo del todo.

Después busco a Sofía. Intento calmarla. Intento pensar que es lo que tú hubieses querido, porque era tu ojito derecho, tu pequeña. Sé que odiarías verla así. Te rompería el corazón. Lloramos juntas hasta que el funeral termina y el cielo se oscurece. Insiste una y otra vez en que me quede esa noche a dormir en su casa y le digo que no. Quizá le cueste entenderlo, pero esa noche necesito estar en nuestra cama porque es lo más cerca que en estos momentos puedo estar de ti, porque, tal como preveía, cuando me acuesto y apoyo la cabeza en la almohada descubro que todavía tiene tu olor y se me escapa un sollozo desgarrador al fijarme en tu mesita de noche, en el libro que has dejado a medio leer y en tus gafas junto a un collar de macarrones que Eva te regaló hace unas semanas.

Pienso en ti. Intento recordar todos los momentos mágicos que hemos vivido juntos. Nuestra primera noche en aquel piso cuando hicimos el amor. Las partes agridulces del camino. El bebé que perdimos. El viaje al *camping* ese verano. Sofía. La escapada a Madrid. Mi primer empleo. Pablo. Los dulces años ochenta. Nosotros alejándonos. Y nosotros acercándonos. Los problemas que fuimos superando. Los viajes. Las risas. Las miradas. La complicidad. La confianza. La intimidad. El amor, Gabriel: el amor.

Los recuerdos se enredan en mi cabeza y se agitan con fuerza. Sé lo que tengo que hacer, lo sé perfectamente, pero tardo una eternidad en inclinarme para abrir el cajón de la cómoda. Luego me incorporo un poco agarrándome del cabecero y me atrevo al fin a contemplar nuestra pared, la de las constelaciones, la de la vida que hemos compartido juntos. Me diste muchas cosas que se convirtieron en solo mías, pero esas estrellas no lo son. Eran nuestras. Y hoy ya no. Aquí termina el recorrido. Aquí acaba el «tú y yo», Gabriel. Sabíamos que uno de los dos cargaría con el peso de cerrar la última constelación, pero jamás imaginé que sería tan duro, porque una cosa es pensarlo y otra vivirlo, intentar encuadrar la pared desenfocada con la vista borrosa por culpa de las lágrimas, unir los puntos, trazar las líneas, poner fin a nuestra historia juntos y comprender que gran parte de todos esos recuerdos se convertirán en polvo cuando me reúna contigo.

Al despertar horas más tarde, el sol de invierno me acaricia.

Solo deseo quedarme ese día en la cama contemplando la luz que entra por la ventana. O lo que me quede de vida, quizá, no lo sé. Pero levantarme no parece una opción. Hasta que pienso en ti. En tus palabras. En la manera que tenías siempre de tirar de mí, de impulsarme a ser más y mejor, y entiendo que permanecer allí con la nariz hundida en tu almohada no haría que te sintieses orgulloso de mí. Ni siquiera soy demasiado consciente de lo que hago cuando me pongo en pie lentamente. Estoy un poco mareada, pero logro avanzar hasta la cocina y preparo café. Hago la cafetera grande y solo después, cuando me sirvo una taza, pienso que a partir de ahora tendré que usar la pequeña.

Después, con el café en la mano, entro en esa habitación que los dos convertimos en un estudio. Todo sigue igual y eso me resulta fascinante y aterrador a la vez. ¿Cómo es posible que nada haya cambiado de sitio y, aun así, que parezca casi otro lugar? Pienso en ello mientras contemplo tu librería antes de encender el ordenador. Luego, me siento delante ahogando un sollozo que me atraviesa y se apodera de mí durante unos minutos.

Deslizo los dedos por el teclado con suavidad.

Pienso en ti. Cuando me calmo, abro un nuevo documento, uno que va a ser solo mío y en el que necesito volcar esta maraña de dolor, amor, rabia, ternura y una larga ristra de sentimientos atrapados en este cuerpo que ya no puede contenerlos.

No dudo antes de elegir un título y sonrío melancólica al pensar que puede que para los demás solo fueses un hombre de setenta años con el pelo canoso y las mejillas arrugadas, pero para mí siempre fuiste el chico que dibujaba constelaciones.

Y entonces empiezo a teclear. Lo hago lentamente.

«Recuerdo como si fuese ayer la primera vez que te vi.

»Tuve la sensación de que un hilo invisible me obligaba a mantener los ojos sobre ti. Inquieta, caminé más rápido mientras abrazaba la bolsa de ganchillo donde llevaba una barra de pan aún caliente».

Lo releo despacio, saboreando el momento.

Y sonrío al sentirte cerca de nuevo.

Abrazo todos nuestros recuerdos.

Porque este será mi «hasta pronto».

FIN

AGRADECIMIENTOS

Este proyecto llevaba mucho tiempo esperando su momento, pero un día los personajes empezaron a susurrarme su historia con más insistencia y ya no pude parar hasta terminarla. Y eso es gracias a mis abuelos. También a mis padres. Y a mi suegra. Todos me ayudaron a documentarme regalándome sus propios recuerdos para fusionarlos con los míos: el taller de tapicería, la puerta 16 del tercero, los polos de menta, los libros, los días de playa, los vinilos, los caramelos de nata y los veranos en el campo. Ha sido reconfortante entretejer esta historia más íntima y llena de nostalgia. Gracias por enseñarme tanto.

Valentina y Gabriel llegaron en un momento en el que necesitaba escribir y estaba un poco desconectada del mundo, así que me puse a ello como si no existiese nada más y las palabras fluyeron una tras otra mientras compartía esa etapa con Dani, y con Neïra, Saray y Abril.

257

Gracias infinitas por «estar». También a todas las personas con las que vivo el día a día, a compañeras y amigos, ellas saben quiénes son.

Ahora que esta novela va a ver la luz en librerías, quiero agradecer especialmente el cariño y el apoyo que los lectores le han dedicado siempre. El boca a boca consiguió mantenerla viva hasta el día de hoy, que está a punto de vestirse de gala para embarcarse en una nueva aventura. Ha sido posible gracias a Pablo, que la leyó con todo su cariño, y a mis editoras, que me han brindado esta oportunidad con la que ni siquiera soñaba.

A Leo, porque espero que algún día lejano puedas leer esta historia que encierra tantos recuerdos familiares. Y a J, siempre. He pensado mucho qué frase dejarte en esta ocasión, pero sabía que sería una de Gabriel. Y es que, como él decía, «los recuerdos malos también somos nosotros», tú lo sabes bien. Sabes que tiene su parte bonita.